流沙河、吴茂华夫妇

流沙河（一）

流沙河（二）

拂石坐來衫袖冷

孟蜀周侍郎遊青城山詩句

踏花歸去馬蹄香

流沙河 七十四歲 乙酉暮秋

流沙河手书（一）

追思舊事成荒艸

還憶前身是落花

流沙河

零五年三月杪

七十四歲

流沙河手书（二）

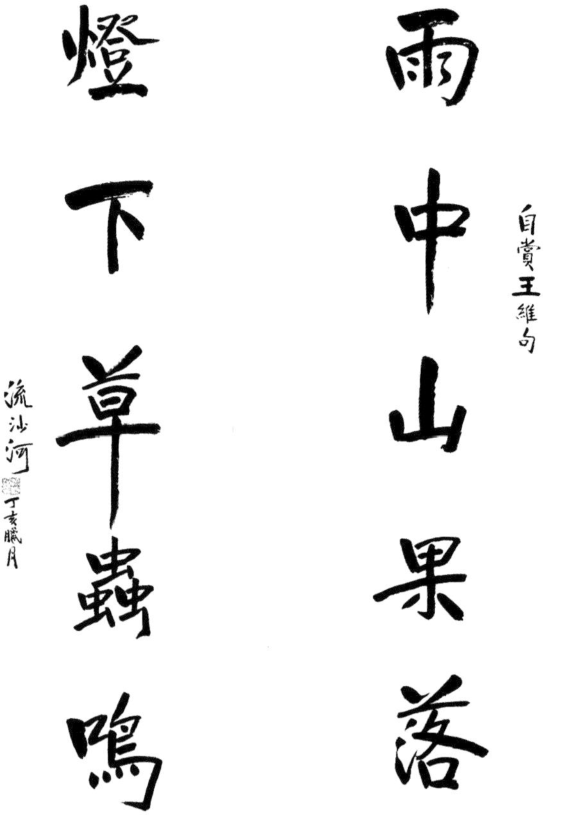

流沙河手书（三）

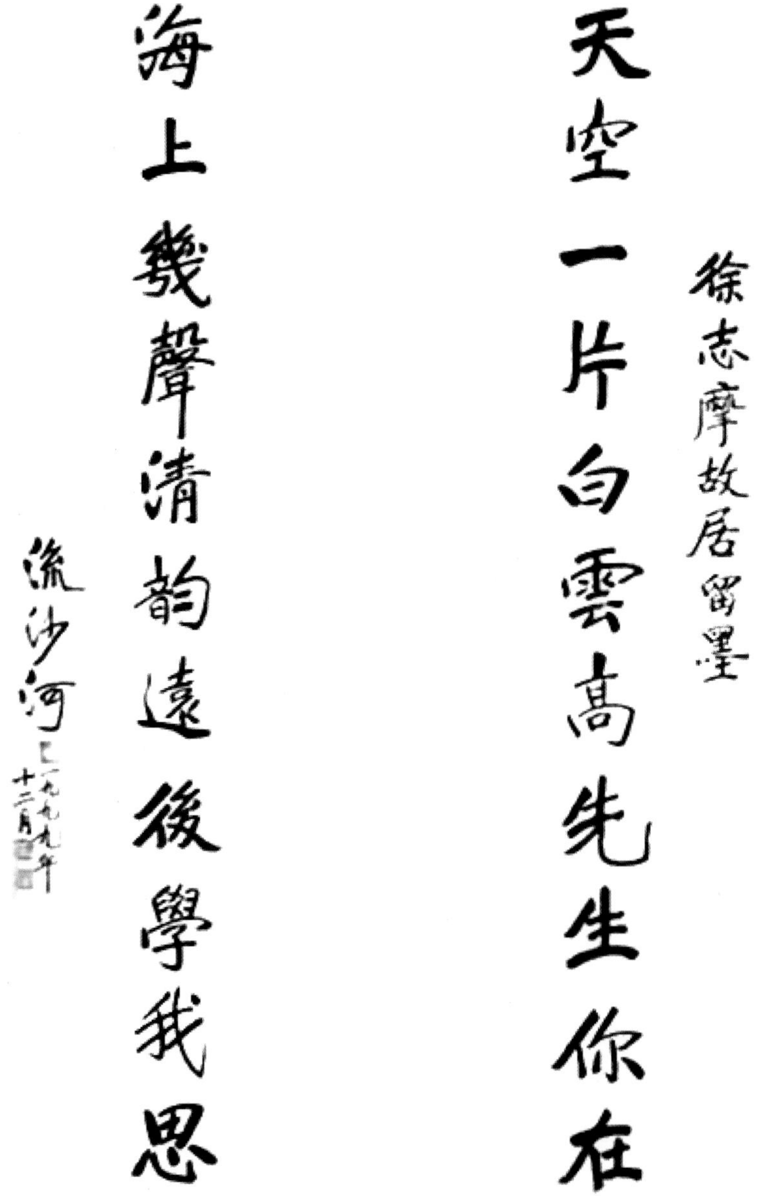

流沙河手书（四）

做蝴蝶夢

流沙河手书楹联集萃

流沙河 著
吴茂华 编

广西师范大学出版社
GUANGXI NORMAL UNIVERSITY PRESS
·桂林·

做蝴蝶梦：流沙河手书楹联集萃
ZUO HUDIE MENG: LIUSHAHE SHOUSHU YINGLIAN JICUI

出版统筹：汤文辉　　责任编辑：张　涛
出 品 人：乔祥飞　　助理编辑：杨　磊
特约策划：刘景琳　　责任校对：朱时予
特约编辑：淡　霞　　责任技编：王增元
　　　　　杨　仙　　书籍设计：薛　宇

图书在版编目（CIP）数据

做蝴蝶梦：流沙河手书楹联集萃 / 流沙河著；吴茂华编. --桂林：广西师范大学出版社，2022.10
ISBN 978-7-5598-5315-8

Ⅰ. ①做… Ⅱ. ①流… ②吴… Ⅲ. ①对联—作品集—中国—当代 Ⅳ. ①I269.7

中国版本图书馆 CIP 数据核字（2022）第 153209 号

广西师范大学出版社出版发行
（广西桂林市五里店路 9 号　邮政编码：541004
网址：http://www.bbtpress.com）
出版人：黄轩庄
全国新华书店经销
北京博海升彩色印刷有限公司印刷
（北京市通州区中关村科技园通州园金桥科技产业基地环宇路 6 号
邮政编码：100076）
开本：710 mm × 1 000 mm　1/16
印张：22.25　　插页：4　　字数：115 千字
2022 年 10 月第 1 版　　2022 年 10 月第 1 次印刷
定价：98.00 元

编前语

吴茂华

流沙河以写新诗名世，晚年转诗为文，写出“说文解字”四书：《流沙河认字》《白鱼解字》《文字侦探》《正体字回家》，以及大量文史学术类作品，成果颇丰。这显然得力于他庋藏于胸的中国文化传统和那个年代文人的基本素养。在他的晚年，他常以“成都文人”自许，而不喜欢别人习惯性地称他为“诗人”。

平时与他闲聊，说到文学话题，他常常随口就背出一连串古典诗词中的句子来，熟稔程度令人吃惊，为谈话增添了不少知识和雅趣。我问过他，为什么很少写旧诗而去写新诗呢？他说，一九四九年他十八岁，思想激进左倾，认为传统文化虽美，但属应对其予以摧枯拉朽之类；而新诗，才是时代的潮流，一辈子就顺着这条路走下去了，哪有什么心思去写雕章琢句的旧体诗词啊！如今人老了，才知当年的幼稚。其实诗无所谓新旧，只有质量的优劣之分。好在文化根脉还有点儿，写点儿文章、楹联什么的，也还差强人意。特别是诗与楹联，他用它们既娱己，也娱人。

楹联也是诗，应该是从律诗中的对偶句转化而来。其或长或短，上下两联，字义对仗工整，音韵平仄相协，上下联神形映照，具有一种独特的美。千百年来，楹联流传于庙堂高阁，商楼酒肆，民间闾巷。无论是文人雅士，还是乡野村夫，或都能吟写出一二联来。楹联作为一种独立文体，已深深印在中国人的审美趣味和文化心理中。梁启超曾说过，楹联是承《诗经》《楚辞》之绪，沿律诗一脉而来。这是有道理的。记得有一次，我与流沙河共观丰子恺的一幅画，画面上两位长衫先生对坐小桌，桌上有酒有肴，正举杯相视。画面右上方书有王安石的一句诗："草草杯盘供笑语，昏昏灯火话平生。"流沙河忽有所感，起身走进书房，解衣运笔，含毫欣然，将此句写成一幅三尺对联，然后得意地叫我共同欣赏一番。

流沙河出生于成都金堂一旧式家庭。余家院子有宽敞的厅堂（流沙河原姓余），在门楼四处，分别有木刻的楹联，如"忠厚传家远，诗书继世长""读书好耕田好学好便好，创业难守成难知难不难"。这些乡绅人家用门联做装饰，在民国时期也是一种风雅时尚。流沙河自小就浸淫在这样的家庭氛围里，自然体悟良多。他说："我不仅对家中的楹联有兴趣，还专门到寺庙里去看。那些镌刻在廊柱的楹联匾挂，引起我的崇仰和兴趣，我琢磨其字义，学习其法书，只觉诗心微妙，言近而旨远。”

流沙河自小临帖习字，颜柳欧苏都临写过，但未专属某一派，尽力博采众长而已，难怪他的书法自具童子功夫。在他成年以后的读书写作生涯中，随着见识功力增长，他的书法渐成风格，那是一种文人书法的俊朗风流，弱美，古艳，而不失锋棱，笔意徘徊在唐诗宋词的亭台岸柳间。

于是找他写字的人越发多起来，从风景名胜、楼台高阁到文友书斋，再到张三李四的婚丧寿诞，随缘而写。从二十世纪八十年代算起，他写的联语有四五百幅吧，流播中国各地。这些联语内容丰富，意蕴丰沛，或托物应景，或讽世喻时，或借题发挥，类皆抒发个人感悟，略吐胸中块垒。总之，绝大多数联语，系他深意浅说，自铸新辞。例如坊间流传较广的“偶有文章娱小我，独无兴趣见大人”，又如“革新你喝拉罐水，守旧我饮盖碗茶”，等等。还有一部分是巧集古人诗句或直接书写古人名句，用于自赏抑或赠亲友的。例如他七十三岁所写、挂在家中的联语“与尔同销万古，问君能有几多”（易君左集句），上联为李白的诗，下联为李后主的词，上下两句都去掉一个“愁”字，不仅平仄相协，而且意境全新。他书此联特别注明专送与我，则夫妻之鹣鲽深情，尽蕴其间矣！

流沙河八十八岁时飘然仙归，遗留下的书籍稿本，无不令我睹物思人，见字怀君。值兹人去楼空，旧笔故砚陪留。因检出他历年撰写之联语底稿——一摞两三寸宽、四五寸长的厚纸条，上面那些他手书的字迹，凝结的是他日积月累或苦思或冥想的心血。我小心寻检，仔细清理，纸触于手，字贯于心，而泪，则不知何时已滴于衫了！

由于联语内容涉猎范围颇广，又皆各自独立成篇，写作时间前后累数十年，实在不便强以类分，因此乃大致酌以年代，内容略分为“读痛快书”“观灿烂星”“做蝴蝶梦”“哭笑成诗”“好古敏求”等五辑，并增附录。《拙联丛话》中的一些明显笔误则予以修改。其中或有不当之处，祈望读者诸君指正包涵。

最后需要说明的是，这本联语集在整理编辑的过程中，得到张志强先生的大力帮助支持，俾使完成，在此特致深深谢忱！

二〇二一年二月七日

目 录

一——读痛快书

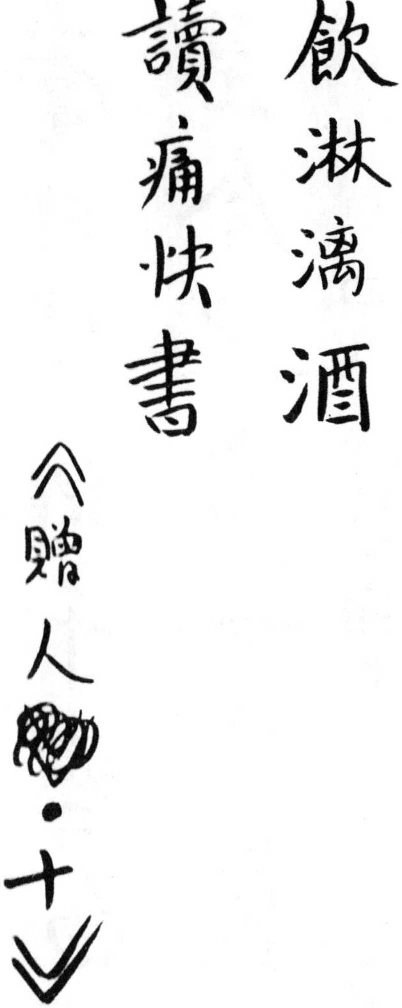

饮淋漓酒
读痛快书
《赠人·十》

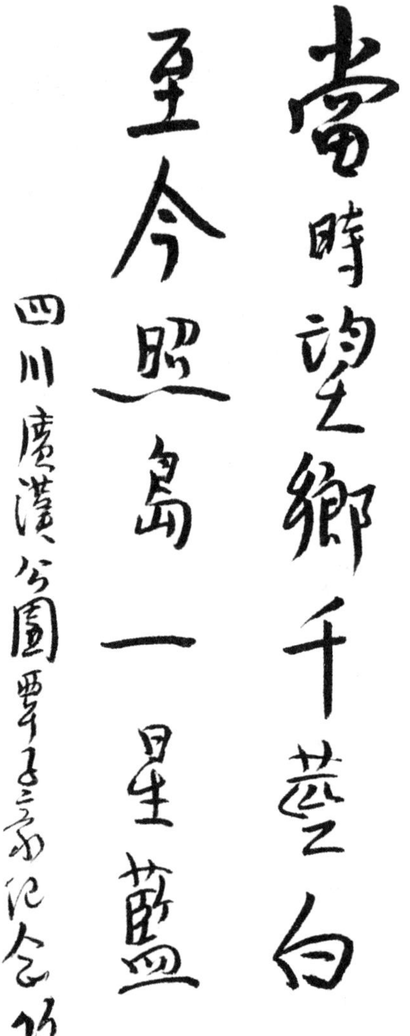

当时望乡千茎白
至今照岛 一星蓝
四川广汉公园覃子豪纪念馆

重大題材衹好帶回天上
純真理想依然留在人間
《四川小説家周克芹墓碑》

重大题材只好带回天上
纯真理想依然留在人间
《四川小说家周克芹墓碑》

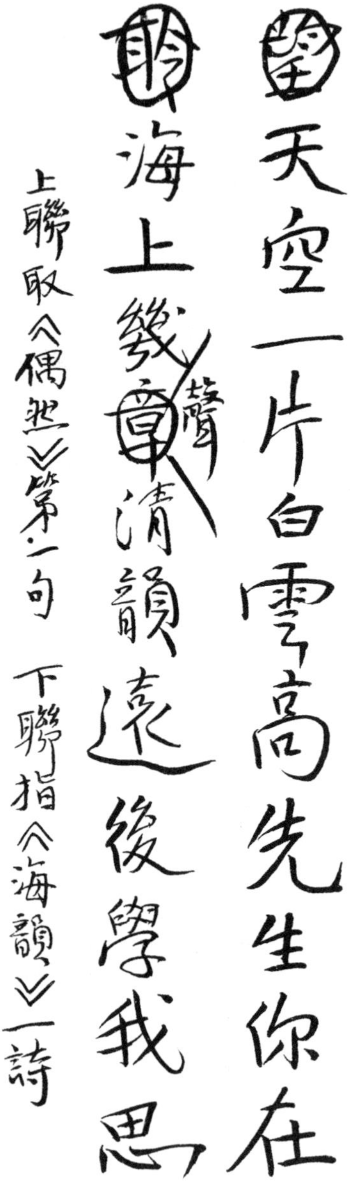

天空一片白云高先生你在

海上几声清韵远后学我思

上联取《偶然》第一句　下联指《海韵》一诗

四方風雨寫史筆
百尺樓臺讀書燈
《贈人·三》

四方风雨写史笔
百尺楼台读书灯
《赠人·三》

窥我用笔窗间鸟
笑人弹冠陌上花

窺我用筆牕間鳥
笑人彈冠陌上花

门迎客，窗迎鸟。客渐多，鸟渐少。我播撒小米在阳台上花盆里，招鸟来食。一只鸟也不来，却来了一串鼠，颗粒不剩。偶有一只叫不出名字的小鸟，啾唧数声，歇翅阳台，一副惊诧诧的架势，半窒息于城市瘴烟，哪有逸兴临窗看我，『窥我用笔』。这上联明明是想象之词，骗人的话。

下联的『陌上花』出自苏轼《陌上花》第三首：『生前富贵草头露，身后风流陌上花。已作迟迟君去鲁，犹教缓缓妾还家。』人生一世，竟不如田埂上的野花。我们生命『只有一次』而野花年年发。以短暂对永恒，野花会笑我们。瞧那家伙，昼夜经营，处级爬上厅级，弹冠自喜，喝道看花。他哪知田埂上的野花正在笑他一副小人得志之状。野花以香气为笑声，官迷一无所闻。

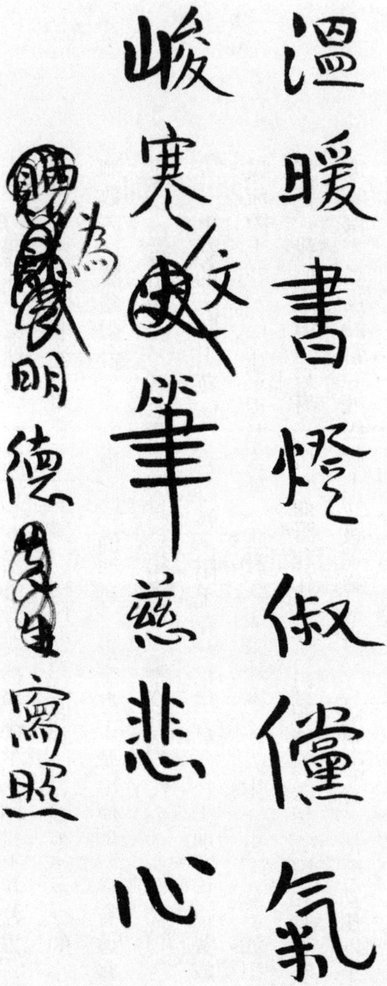

温暖书灯傲傥气

峻寒文笔慈悲心

为明德写照

揣联丛话

1998年8月18日

六场绝缘斋主龚明德先生为成都之大读家，搜置书籍，填屋充栋，乐在其中。先生厌文场之烦嚣，爱书灯之温暖，绝缘世俗，自守清贫。读有余暇，潜心著述，其内容亦不外说书也。此联便是写赠他的。上联说他俶傥不群（『俶』已简化作『倜』），非但指其性情，且兼指其言行，心直口快，謇謇谔谔，例如当面说某人是『腐败分子』。这就是不群而近乎迂了，已成为他先生的笑话。

先生著作，文笔深刻。研究新文学史料，敢揭底细，往往伤人面子，凛然而寒，非文侩之暖姝者也。当今之世，实属难得。不过他本人倒是个笑眯眯的快活三，不像他的文笔那样凛寒。细察之，热肠一览无余，且有慈善悲悯之心在焉。所以下联特别点出，以见其人之为一矛盾体，可证文亦未必如其人也。

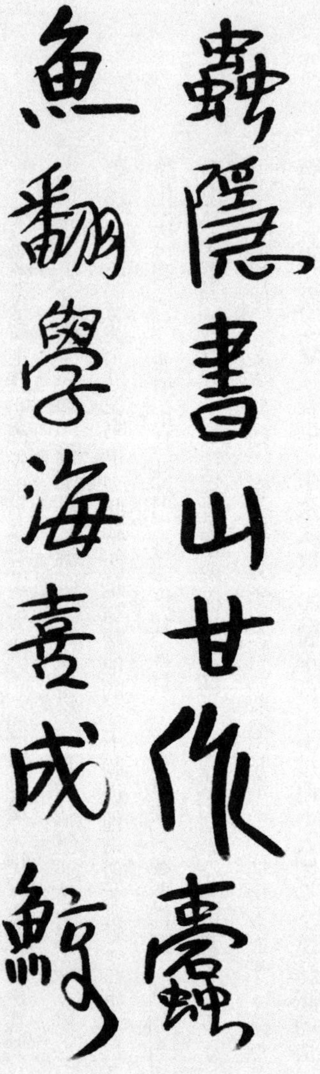

虫隐书山甘作蠹
鱼翻学海喜成鲸

1999年3月30日

想我青年，亦喜藏书。规模小小，但皆精品。后罹『五七』奇祸，心已冷死。继遭『文革』大难，闻书而惧。是以复活之后，誓不藏书。偶买几册，都具眼前实用功能，非藏也。学友藏书者少，唯龚、冉二君耳。龚君明德不必再说，说说冉君。此联正是写赠他的。他真是一条虫，稍有余暇，便爬书肆，不论新旧两学，中外百科，总要衔几册，回巢拼命啃。又用电脑，输入库存，取出稿本。出出入入，便有著作一一面世，令我羡慕。尤可喜者，冉君虽然蠹书不已，却绝非糊涂虫。观其知人论世，不迂不固，远胜龚君（龚君自有其可爱处），宜其鱼非变鲸不可，隐隐然成一家之言了。我不说鱼变龙。因为鱼美龙丑，龙总带恶毒相，容易联想起九五至尊来。我说鲸，鲸壮美，不害人。翻海不同于翻天与翻地，不会造成灾害，何况是学海呢？

（《重庆晚报》载无误，《家庭与生活》开始即误，先生亦未校出也，『亦喜藏书』，错成『赤喜藏书』。——编者注）

龙潭放尿惊雾起
虎洞喝茶看云飞

龍潭放尿驚霧起
虎洞喝茶看雲飛

1998年7月7日

《易经》说，云从龙，风从虎。偏有小子不怕事，放尿入龙潭。龙一腾，云就起，便是雾。小子见雾起，扎裤跑开了。毕竟不怕事，又到虎洞喝茶去。虎一吼，风就起。风起云飞，他却看着好玩。这小子是谁？吾蜀青年作家，写一手好文章的R君是也。这副对联自然是为他撰写的。最近他有文集《阳光与玫瑰花的敌人》出版，读了快意。

朋友之间，文字游戏，乃文人之一乐。揶揄也好，讥谑也好，只要不堕恶俗，便合乎『依于仁，游于艺』的原则。正经如孔夫子，别人开玩笑说他像『丧家之犬』，他都点头同意，不生气呢。就怕遇见小气鬼，还有那些内心感到自卑的人，他会认为你在『打击』他呢。

这副对得还算工整。缺点是先放尿后喝茶不合实际情形。喝茶弄到上联来，放尿弄到下联去，使之合乎尿茶定律，批评家就满意了。

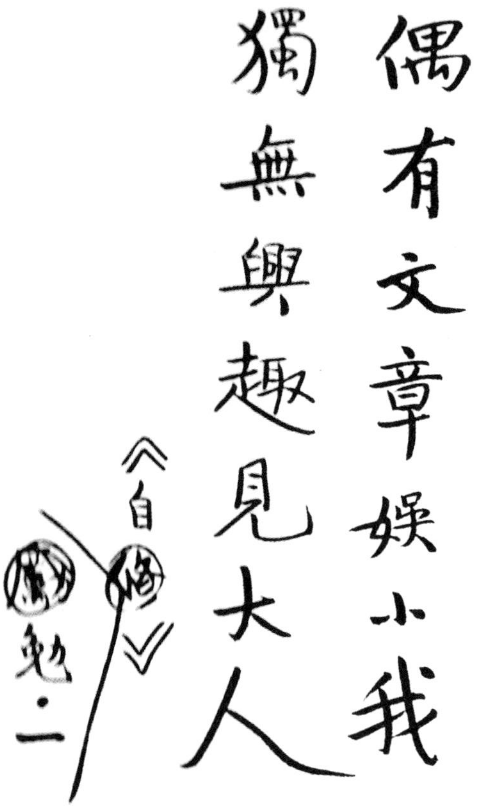

偶有文章娱小我
独无兴趣见大人
《自勉·二》

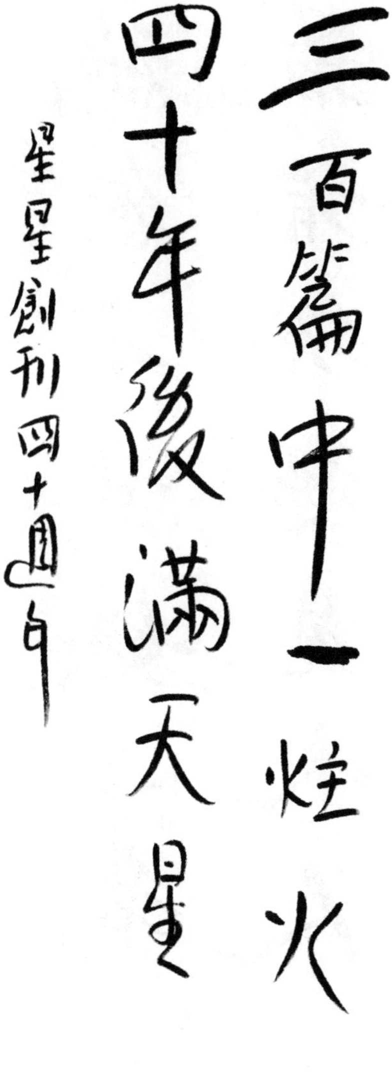

三百篇中一炷火
四十年后满天星
星星创刊四十周年

绝无文章娱小我
最有兴趣见大人

絕無文章娛小我
最有興趣見大人

1998年5月12日

旧作『偶有文章娱小我，独无兴趣见大人』，聊以自勉。人问何谓大人。答曰大官大款大腕大师皆大人也。不想去见他们，只因无所乞求罢了。说不见吧，偶尔也碰见，不是去拜见。不去拜见他们，免受拘束，便是人间第一快乐。

想我年轻时，却正好相反。那时写文章都配合宣传，不敢娱悦自我。就那样也还得战战兢兢，生怕犯错误。上面也抓得紧，养一群金睛火眼盯住你不放，要拈你的过错，如猴捉虱，百捉百中。何况我自己当时也很『左』，绝对否认文学有啥『娱小我』的功能。这上联（见左书对联。——编者注）说的便是昔年的我了。至于『见大人』，却少有机会，不过是坐在会场听报告或是走过广场受检阅。这样遥见一回，心中无限景仰。如果不叫去，还要闹情绪，所以下联说『最有兴趣』呢。此联若要题款，恐应写『与左兄共勉之』。

写诗排队坐交椅
评奖钻营走后门

寫詩排隊坐交椅
評獎鑽營走後門

1999年2月2日

排名坐交椅，源于梁山泊。想是受了启发，一家『中央级的』刊物也假借盖洛普的方式，推出诗坛交椅名单来。这些年，诗是愈晾愈冷了，名是愈炒愈热了。这回太热，热煳了，成笑话。汗颜的是恭读排名，见我也在那里坐着，而且一屁股坐在余光中头上，觉得过分突梯滑稽。什么交椅，这不是钉我在耻辱柱上吗！

《孟子》有言：『王者之迹息而《诗》亡。《诗》亡，然后《春秋》作。』这些年写当代《春秋》的野史之作愈来愈多，岂偶然哉？孟轲的话还真管用。

与此同时，文艺评奖，丑闻也多起来。如此要名不要脸，自五四新文学发轫起，此前尚未见过。说什么新诗受冷遇，明明是自己晾冷的，怪谁？从名利场回山去吧，九缪斯！

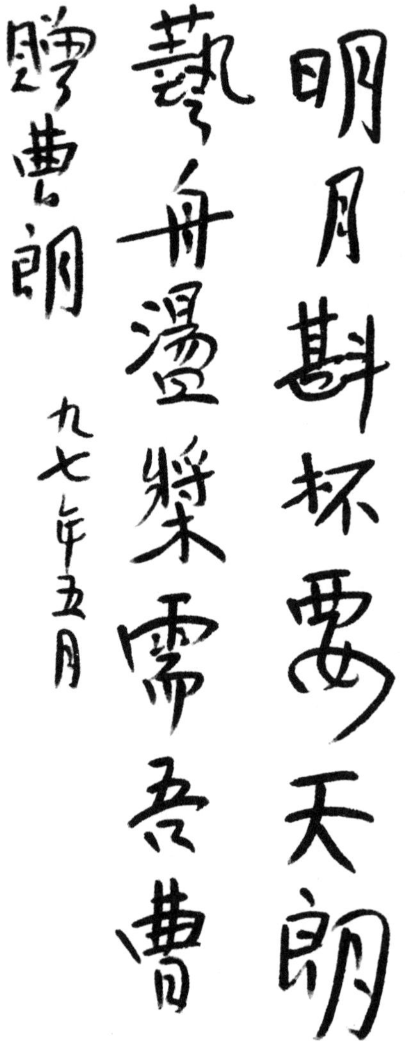

明月斟杯要天朗
艺舟荡桨需吾曹
赠曹朗　九七年五月

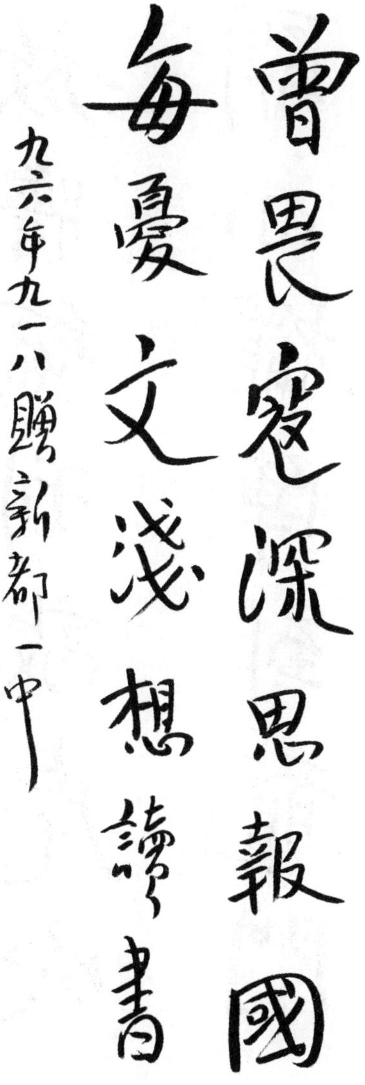

曾畏寇深思报国
每忧文浅想读书
九六年九一八赠新都一中

放膽編刊敲虎穴
開心擺陣到龍門

放胆编刊敲虎穴
开心摆阵到龙门

1998年11月3日

撰贺成都《龙门阵》双月刊。蜀人『摆龙门阵』即粤人『讲古』，可上溯宋代之『说话』，甚至战国时期之『小说』。打仗摆阵，有龙门阵，排兵两厢，连缕不绝，愈拖愈长。讲故事类似之，故云。龙门阵摆得好，引人入胜，也就是下联的『开心』吧。

上联怂恿编者冒点儿风险，拿出打虎勇气，大胆编刊。有老同志看了，嘲讽说：『敲什么虎穴，能掏一掏老鼠洞也就不错了。上联「敲虎穴」改成「掏鼠洞」，如何？』语中要害，令我口服心服。我所谓「敲虎穴」，细细一想，确实有提虚劲的味道。怂恿他人去敲，老虎咬不着我，吹了牛皮也不犯险，何乐而不为耶？再想一想，我才省悟，就是掏鼠洞吧，风险也不小啊！万一那硕鼠有后台，略施小计，给你半点儿颜色看看，你就要吃苦了。难啊，难！

龍門陣十五週年了
三五滿明月
願來年十六更漂亮
二八期麗人

龙门阵十五周年了
三五满明月
愿来年十六更漂亮
二八期丽人

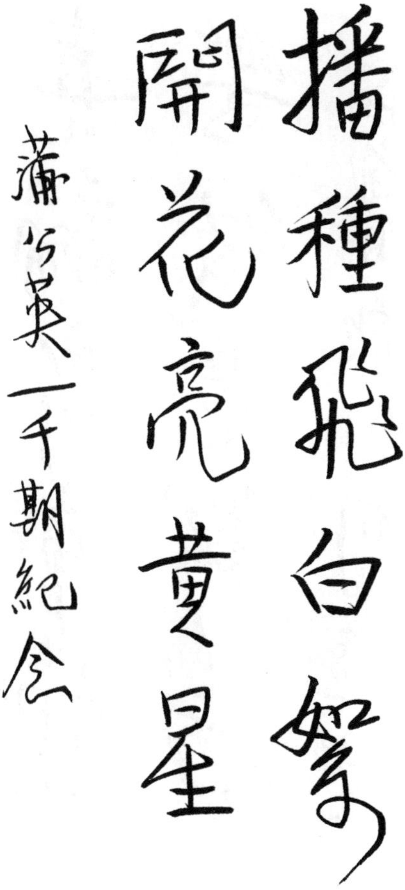

播种飞白絮
开花亮黄星
蒲公英一千期纪念

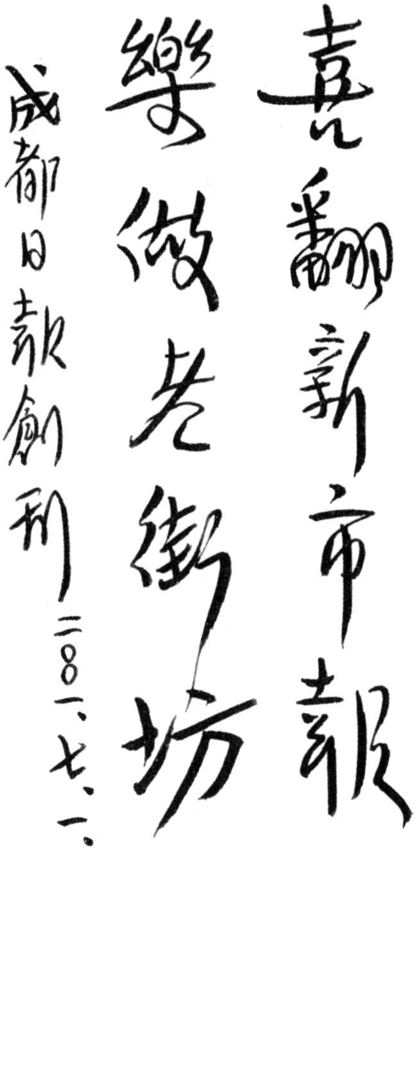

喜翻新市报
乐做老街坊
成都日报创刊 二〇〇一·七·一·

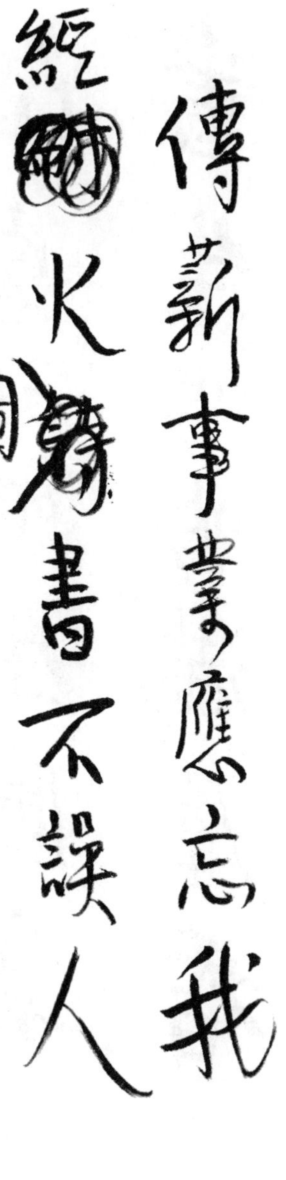

传薪事业应忘我
经火图书不误人

酒客哇嘔全廳臭
書生唱吟滿屋香

酒客哇呕全厅臭
书生唱吟满屋香

1999年1月5日

羡慕他人饮酒，遗憾自己无能。那些高人雅士，登临酬酢，风仪最堪从旁欣赏。也有不足赏，甚至厌恶的，凡二事。一，划拳赌酒，吼叫就像吵架，脸红颈涨，唾飞四座。于是高人变凶汉，雅士成暴客，逸趣顿失。二，现场呕吐，又脏又臭，害得众客食欲全消，大家心头隐（读yěr）着那一摊秽物，暗自叫苦。倒是那位事主呕完之后毫不惭愧，仿佛光荣负伤，连说『没啥没啥』，俨然一副不怕牺牲的模样。甚矣，其人之无耻也！

做对偶的，我想起了旧时书塾琅琅吟诵，遥听似有香味传来。前不久听一位铁道部高级工程师（其人出身书香门第）车中吟诵古诗，婉转幽萦，似回到失去的童蒙岁月。吾蜀人旧时也吟诵诗文，只是调子不同，略带川剧腔口，所以下联说是『唱吟』。今之学童只会用普通话朗读了，唉！

办刊未必真断奶
求职还须假折腰

辦刊未必真斷奶
求職還須假折腰

1999年3月2日

说到断奶，想起吃奶。四十年前『大跃进』时，工农兵都写诗，或曰『革命民歌』。当时有吃奶诗一首云：『党是亲娘我是孩，一头扎进娘的怀。咕噜咕噜吃个够，不吃够就不起来。』生动鲜活，一读难忘。不知何故，未入《红旗歌谣》。吃奶几十年，现今成年了。不是听说有些期刊，特别是文学性的，将要断奶了吗？那些文学奶娃为数甚多，世界第一，据说愈吃奶愈臃肿，愈呆滞，愈沉重。亲娘要儿早日自立，打算断奶，这是真爱，当然好嘛。就是不知是否动真格的，走着瞧吧。

下联与下岗有关系。陶渊明那一套早已过时，不妨打八折，四斗米也折腰吧。调职改为求职，再不是所谓服从组织分配了，要自己去求了。求人就得折一折铁杆腰，假折也行，这才是古今之常态呢。

李致先生吟正

窗间来鸟堪交友

枕上悬灯好看书

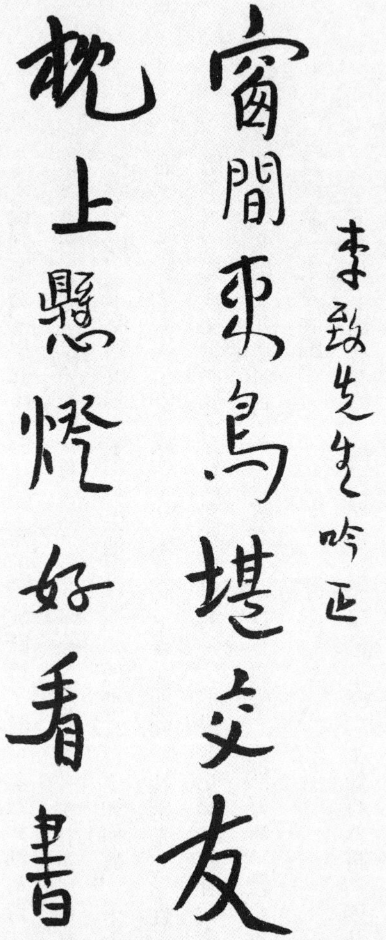

1998年8月4日

窗间聚鸟，屈指已是十年前的事了。那时芙蓉城中车辆不多，瘴烟尚薄，楼舍阳台又植了一些树，所以有鸟飞来，隔窗问我晨安。真是别时容易见时难啊，回想起来，仿佛童话，令人叹惜。前不久有学校买鸟放生，约数百只，功德无量。随后见效，早晨又有鸟来窗间，惊叫几声，匆匆飞去。只是缘悭一面，仅通声问而已，哪谈得上交友。这上联不落实，正所谓想得美。诗人之辞，傻瓜句句当真。

下联倒是实情。卧室唯悬一盏四十瓦的灯泡，别无灯饰。坐在床上夜读，灯多了晃眼睛，反成妨碍。彩灯华饰虽好，但那是照绮罗筵的，与我书生无涉。一百瓦太亮了也不行，那是打牌用的，便于互相监视手脚，也和读书无关。书生的那盏灯乃是他的命运之星，穷通荣辱，悲欢甜苦，都在一星荧荧之下。

百岁坎坷饶两载
一星明灭冷千山
萧荚灵堂

百歲坎坷饒兩載
一星明滅冷千山
蕭莢靈堂

石中藏字搜寻苦
锋下显文创造精
封朝彦先生

济世仁心须敏捷
行文壮志重华赡
王华张敏俪赏

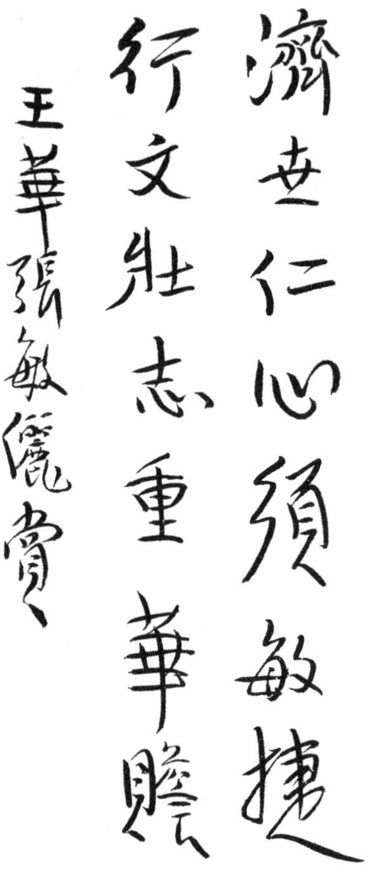

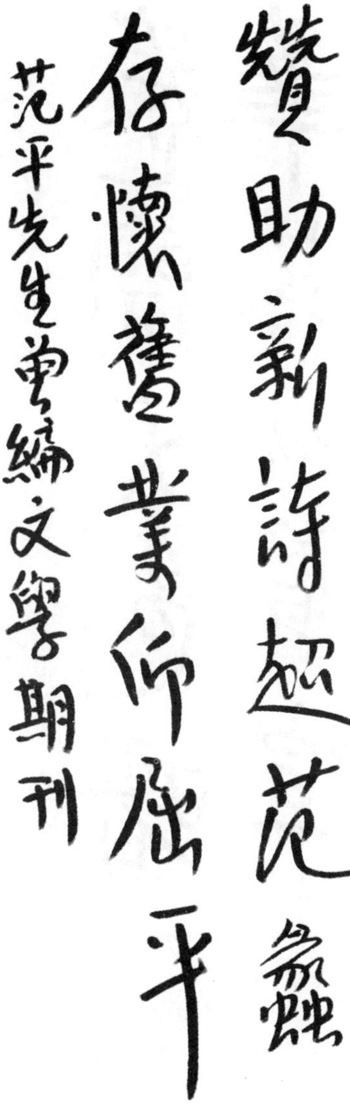

赞助新诗超范蠡
存怀旧业仰屈平
范平先生曾编文学期刊

卷开天色曙
笔落海声喧

卷開天色曙
筆落海聲喧

兩筒白米晨炊飯
一盞青燈夜讀書

两筒白米晨炊饭
一盏青灯夜读书

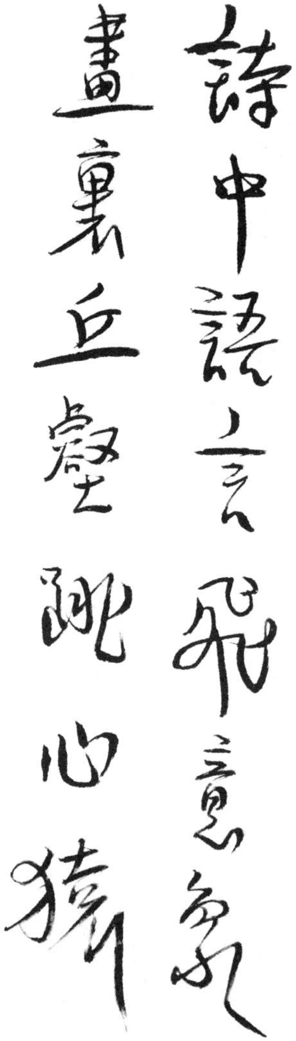

诗中语言飞意象
画里丘壑跳心猿

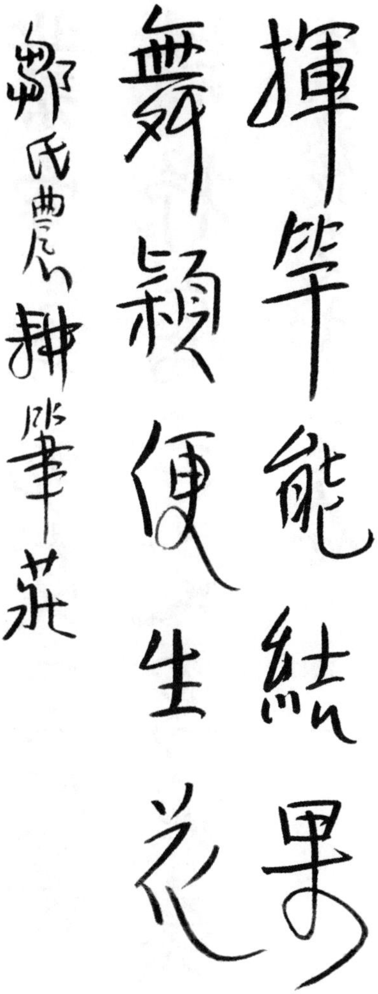

挥竿能结果
舞颖便生花
邹氏农耕笔庄

业守勤劬友交厚重
诗抒痛苦文写沧桑
家发先生座右

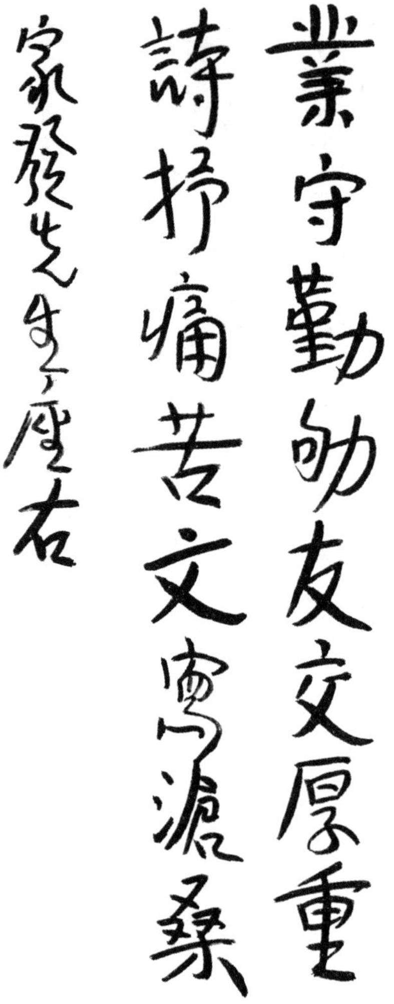

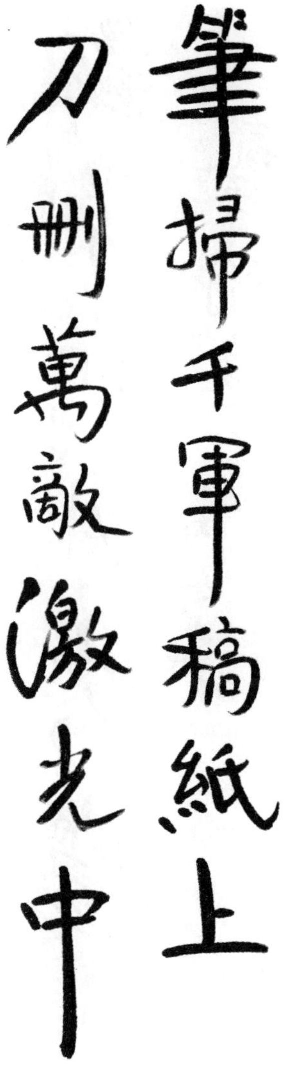

笔扫千军稿纸上
刀删万敌激光中

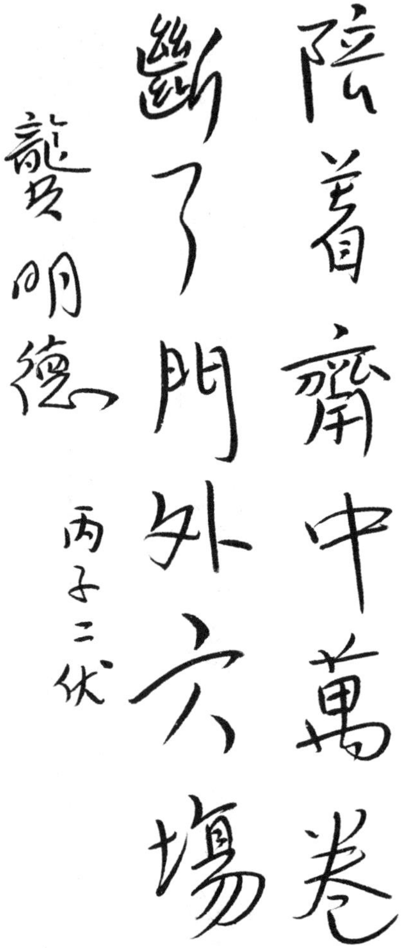

陪着斋中万卷
断了门外六场
龚明德　丙子二伏

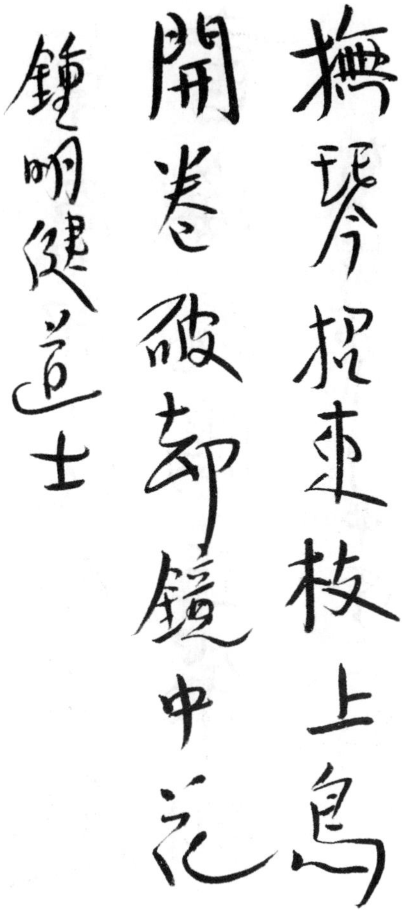

抚琴招来枝上鸟
开卷破却镜中花
钟明健道士

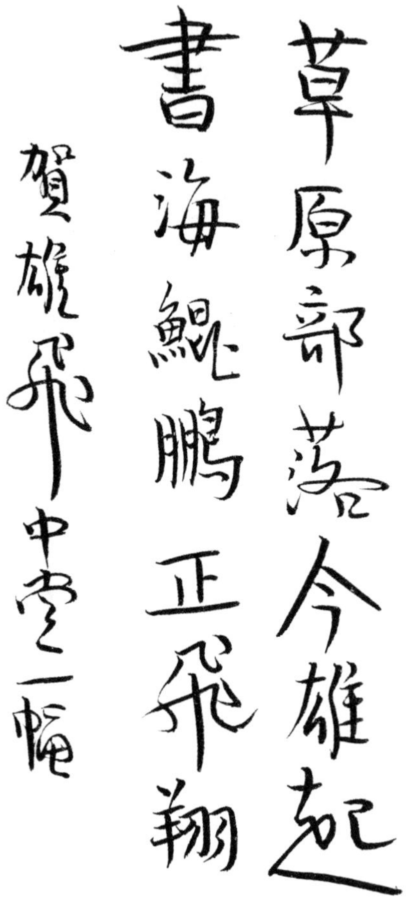

草原部落今雄起
书海鲲鹏正飞翔
贺雄飞中堂一幅

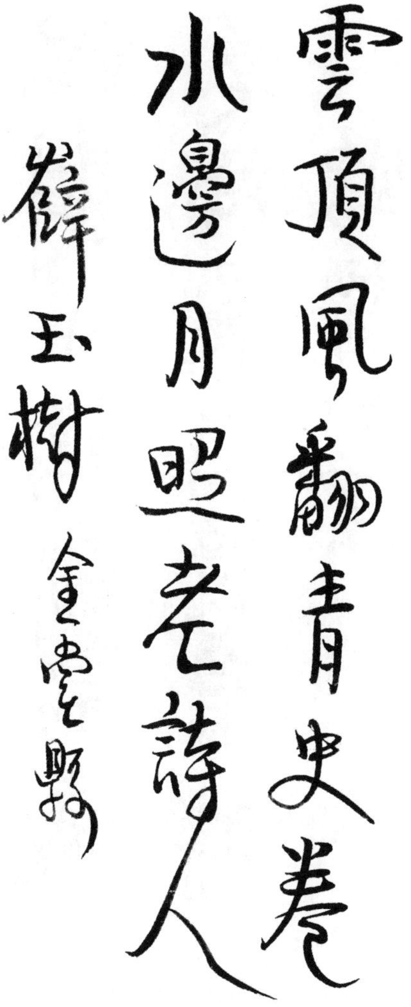

云顶风翻青史卷
水边月照老诗人
薛玉树　金堂县

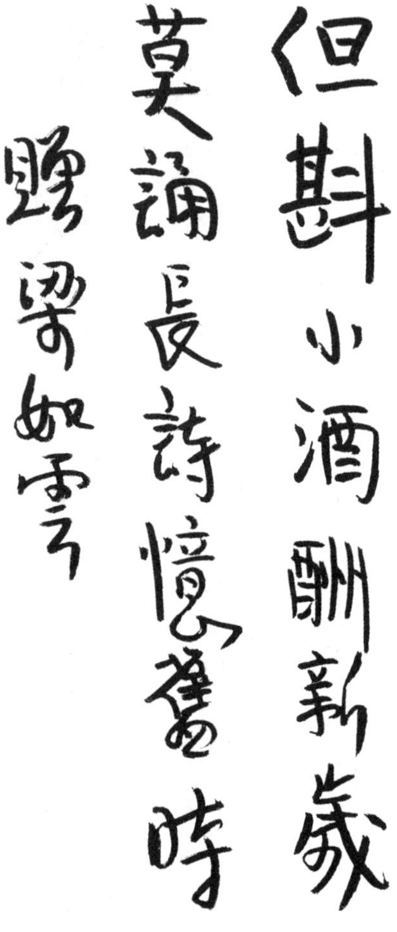

但斟小酒酬新岁
莫诵长诗忆旧时

赠梁如云

道涉興亡術關治亂
詩抒痛苦文寫滄桑

道涉兴亡术关治乱
诗抒痛苦文写沧桑

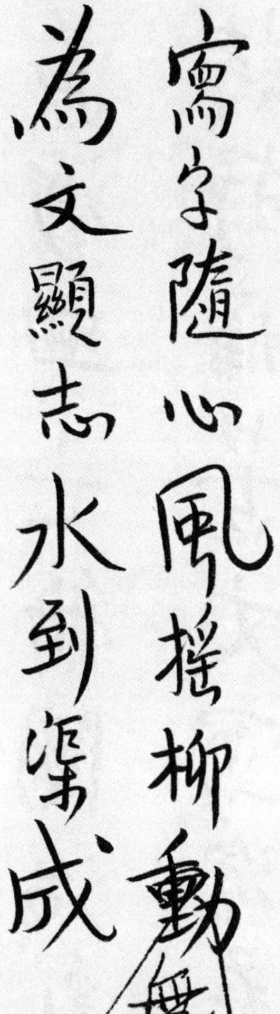

写字随心风摇柳舞
为文显志水到渠成

1998年10月6日

写字本来只是技术。写得多了，写出特色，便具风格。再精熟些，写出趣味，乃成艺术。摹影只是发蒙，临帖仅算入门。总要趣味脱俗，意态可爱，字才耐看。能不能成一体，成一家，还得让岁月去淘汰，让后人去归纳。既是艺术，便非如技术之可传可授，就是书法家他本人也讲不具体，道不透彻。他说得清楚的往往又是最不要紧的技术经验。但是有一条我认为可以传授，就是『随心』二字。只有随心，方能进入自由状态，全凭美感直觉引导，如柳丝之随风摇动，生发出趣味来。固然，不一定就成功。但成功的一手好字，我猜都是这样随心写出来的。

下联说到为文。文章主题思想，也就是志，往往不是很明确的，不过心头有个谱谱而已。必待画上最后一个句号，水到渠成了，那个志才显现完整。下笔前过多的预设实无必要。

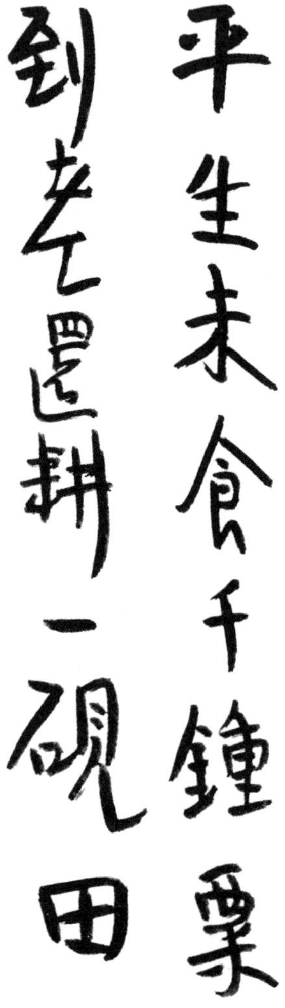

平生未食千钟粟
到老还耕一砚田

塘裏藕花橋上月
座中詩客枕邊書

塘里藕花桥上月
座中诗客枕边书

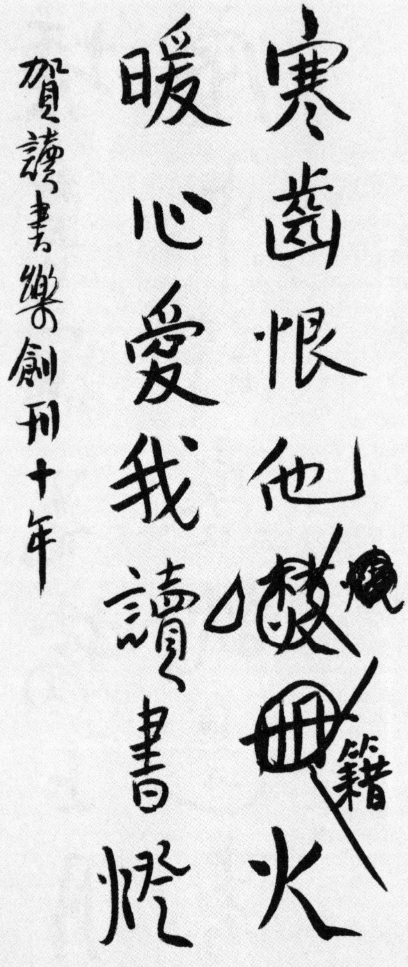

寒齿恨他焚籍火
暖心爱我读书灯
贺读书乐创刊十年

1998年10月27日

『左』风吹燃了秦火的余烬，『文革』又见烧书。『红卫兵』烧，我自己在家中也偷偷烧，撕破古书洋书，塞入灶膛。『红卫兵』烧，是用革命行动向伟大领袖表忠心。我偷偷烧，是怕白纸黑字被诬告成罪证，抓去判刑，吃苦要命。人爱光明，所以取火。如今，广场上的火，灶膛中的火，却用来扑灭光明，其性恶，其色黑，使人恨，使人悲。恨而不敢出声，怕被邻居听见，跑去告发，只好仰天倒抽一口冷气。上联『寒齿』是冷气侵牙龈的效果。

下联『暖心』亦有故也。戴着右派帽子，但觉人间酷寒，心凉透了，唯书中有温情，暖热我心。学术知识原本无情，以其能启迪吾人之智慧，能开拓吾人之眼界，能滋润吾人之生趣，也就算有情了。苟全性命于乱世，勉守节操于浊世，全靠书。书是大救星。爱书兼爱制造近视眼的读书灯，此书生之所以为书生也。

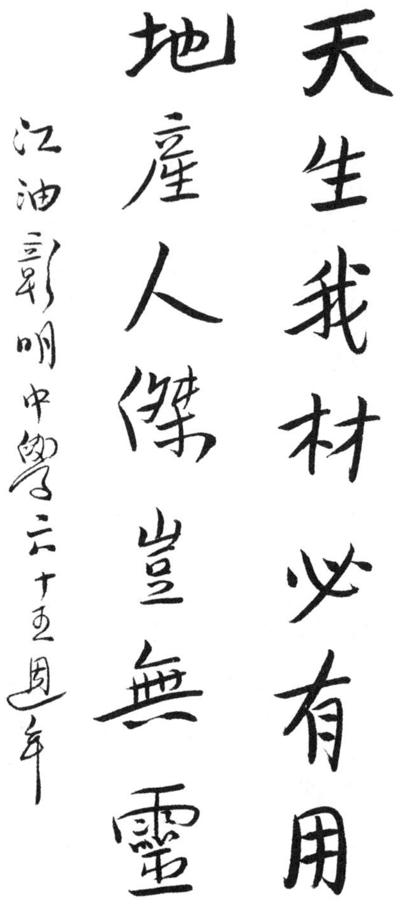

天生我材必有用
地产人杰岂无灵
江油彰明中学六十五周年

贈張揚先生

海內文章多拍馬
湘中子弟獨燃犀

赠张扬先生

海内文章多拍马
湘中子弟独燃犀

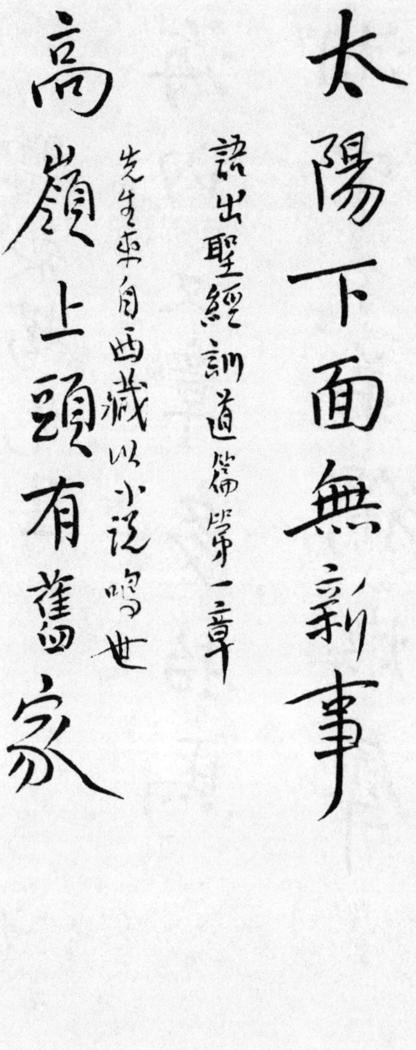

太阳下面无新事

语出圣经训道篇第一章

先生来自西藏以小说鸣世

高岭上头有旧家

1998年9月1日

1976年香港版《圣经·旧约·训道篇》第一章说：『往昔所有的，将来会再有；往昔所行的，将来会再行。太阳之下决无新事。若有人指着某事说：「看，这是新事。」岂不知在我们以前早就有过。』拙作上联『太阳下面无新事』便是从中摘出来的。万事循环，历史重演。年轻时我不信，而今信了。信了，所以写赠同事意西泽仁先生，愿他也信。

意西先生家在康藏高原，所以下联我要那样写了。自以为对得还工整。『太』就是『大』，对『高』。山南曰『阳』，可知『阳』亦『山』也，对『岭』，也还说得过去。『下』对『上』，『头』对『面』，『无』对『有』，『新』对『旧』，皆一般，不足道。唯联末一字『事』对『家』，不太稳，勉强可对罢了。对联也可以玩文字游戏，不必皆具微言大义。我怕自己不动脑筋，退化成老傻瓜，所以学作对联，亦如别人打牌。

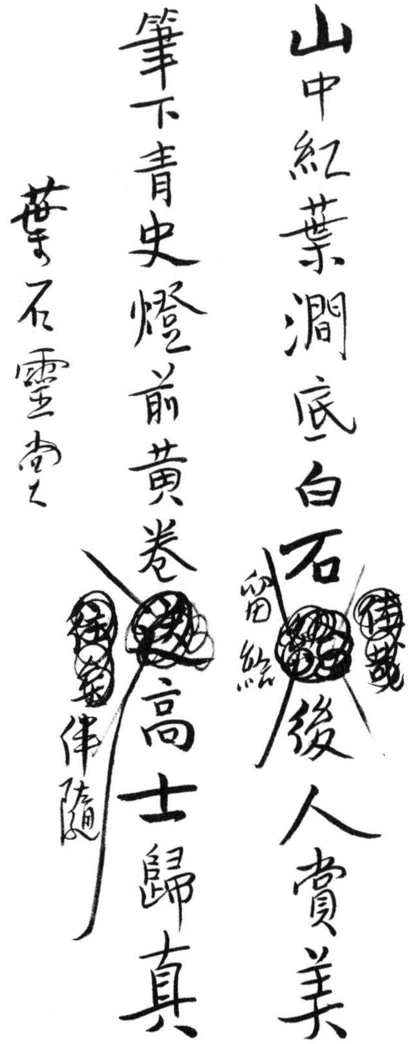

山中红叶涧底白石留给后人赏美
笔下青史灯前黄卷伴随高士归真
叶石灵堂

地厚天高筆雄命短
星寒月冷魂歸夜長

地厚天高笔雄命短
星寒月冷魂归夜长

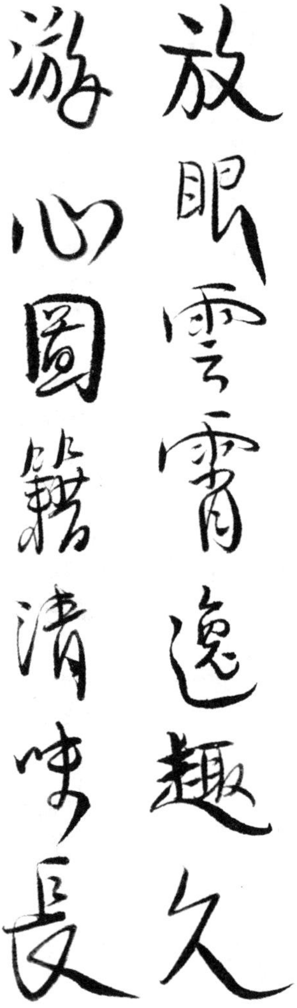

放眼云霄逸趣久
游心图籍清味长

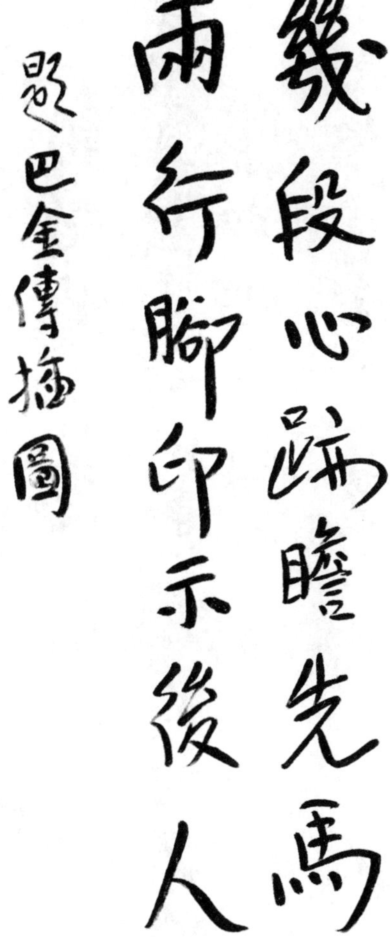

几段心迹瞻先马
两行脚印示后人
题巴金传插图

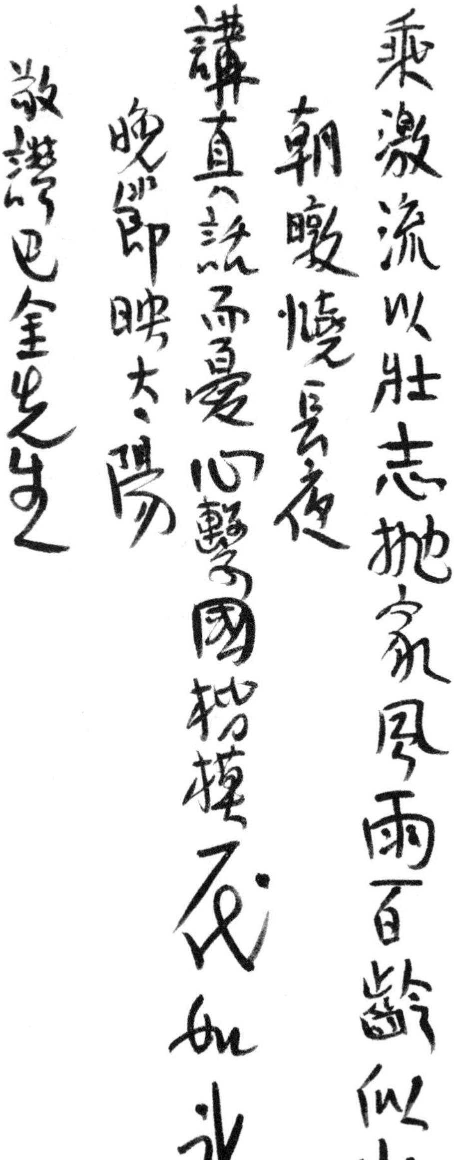

乘激流以壮志抛家风雨百龄似火朝暾烧长夜
讲真话而忧心系国楷模 一代如冰晚节映太阳

敬赞巴金先生

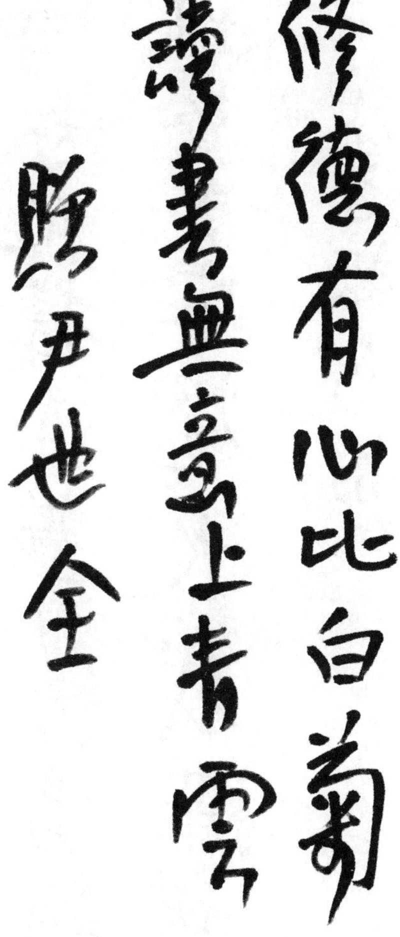

修德有心比白菊
读书无意上青云

赠尹世全

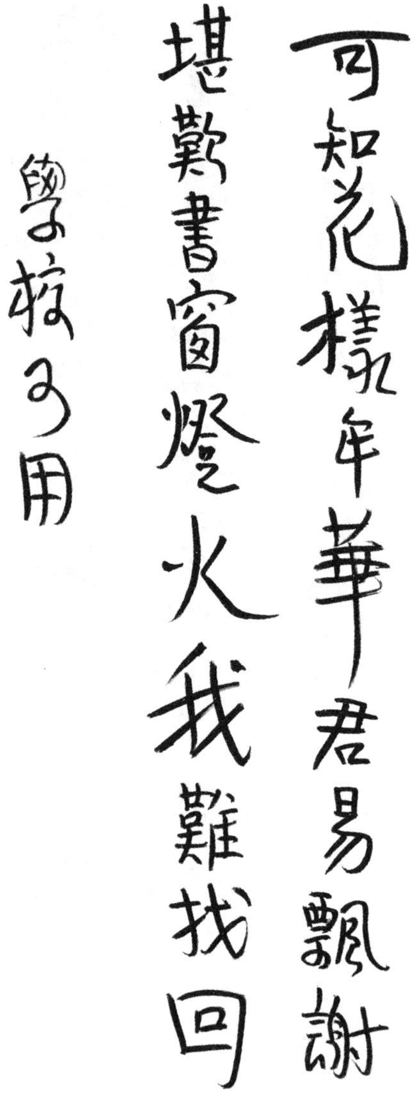

可知花样年华君易飘谢
堪叹书窗灯火我难找回
学校可用

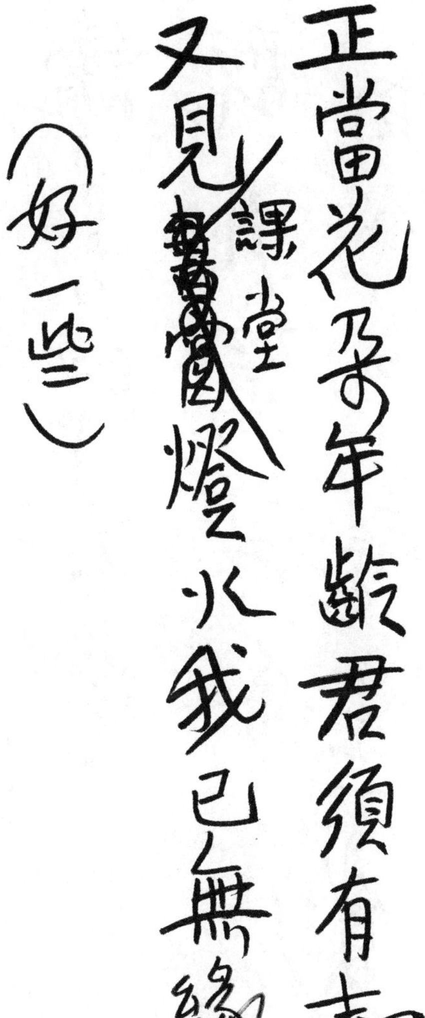

正当花朵年龄君须有志
又见课堂灯火我已无缘
（好一些）

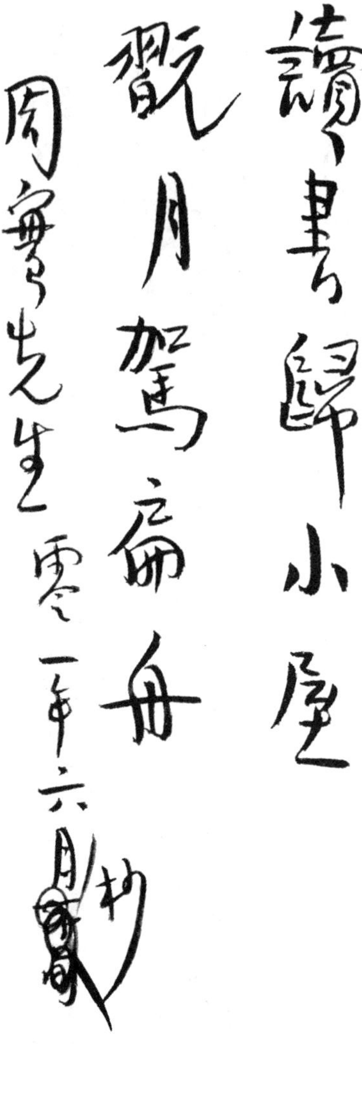

读书归小屋
玩月驾扁舟
周实先生　零一年六月杪

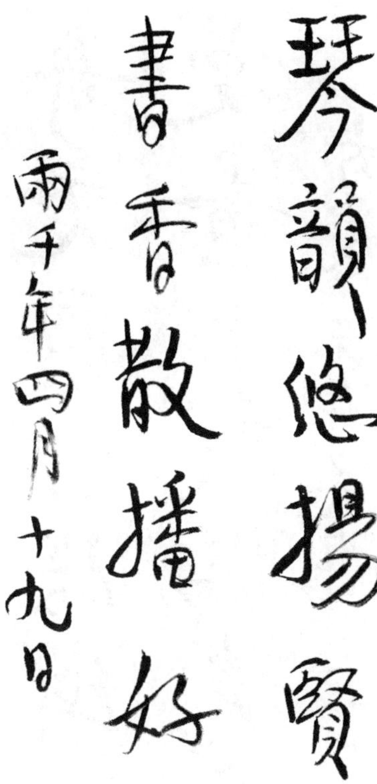

琴韵悠扬贤士座
书香散播好人家
两千年四月十九日

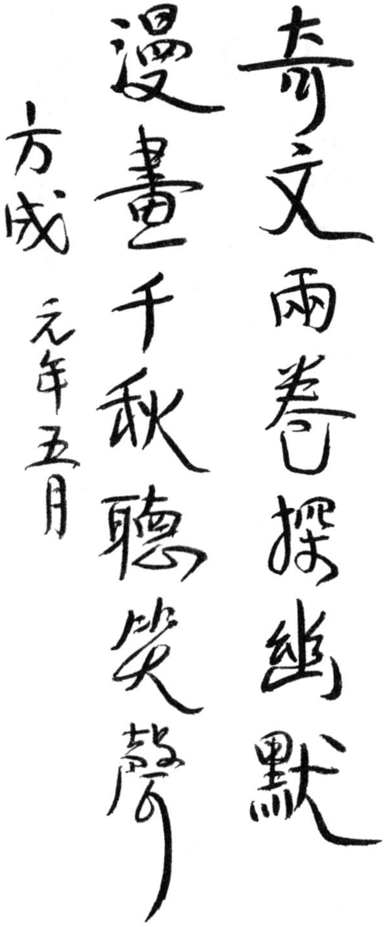

奇文两卷探幽默
漫画千秋听笑声
方成　元年五月

二——观灿烂星

濯滄浪水
觀燦爛星
《贈人·九》

濯沧浪水
观灿烂星
《赠人·九》

艺思深入海中月
玄想远及河外星
《赠人·七》

藝思深入海中月
玄想遠及河外星
《贈人·七》

1998年6月9日

上联说艺术。艺术构思，唐有太白捉江月的醉话，宋有坡仙抱明月的幻想。窃以为还可以深探之，潜心进入海月之内，生实感于虚影，假戏真做。首先，那是形象，那是虚影，那是舞台，那是假戏。然后，生发实感，当真去做。为何以月而不以日做象征呢？曰：月光柔和，性近九缪斯女神也。

下联说科学。科学固非玄学，但是仍须玄想。科学有异于科技，科技才不须玄想。没有玄想，爱因斯坦能找出$E=MC^2$的质能关系吗？霍金躺在轮椅上能发现宇宙中的黑洞吗？玄想愈想愈远，远到河外星系。我以为河外星系够远了。这当然是坐井观天。今之天文学家已探测到百亿光年距离之外了。我用『河外星』只求对偶耳。其实『河』『海』皆仄声，不能对。类此缺失尚多，祈读者原谅我。

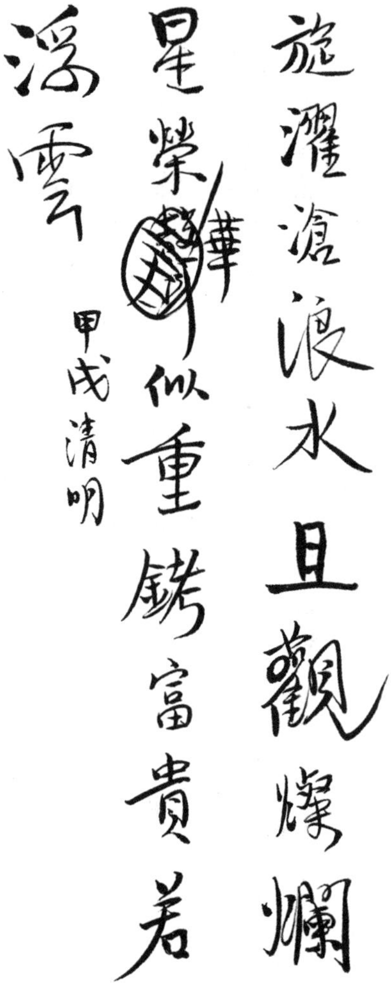

旋濯沧浪水且观灿烂星
荣华似重锈富贵若浮云
甲戌清明

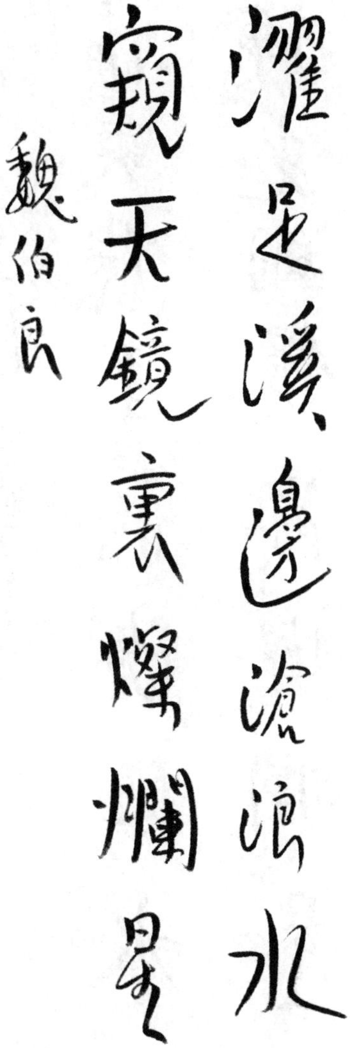

濯足溪边沧浪水
窥天镜里灿烂星

魏伯良

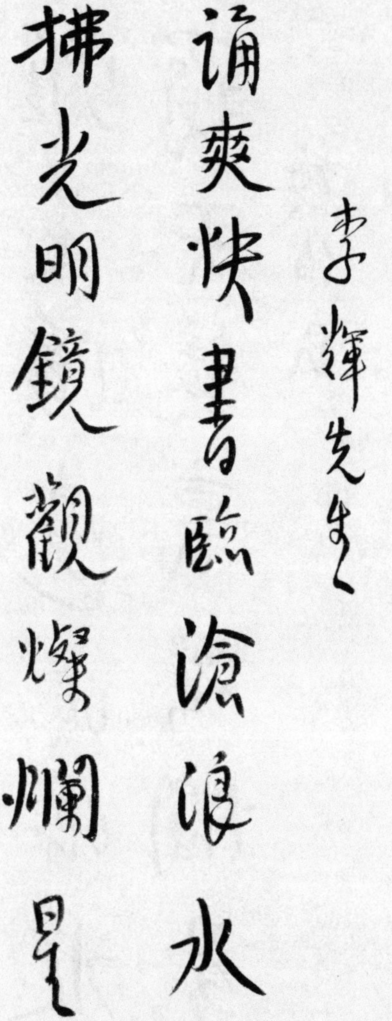

李辉先生

诵爽快书临沧浪水
拂光明镜观灿烂星

1998年9月15日

王大娘的裹脚布——又臭又长，用来比喻昔年常见的某些恶文，实在恰当。现今臭恶文章少了，夹缠冗长者仍常见，读了极不爽快。文章总要爽快，说理明白，谋篇适当，不管写些什么，我都愿看。真理真话都是最明白的，最爽快的。读爽快书，如临沧浪之水，令人胸襟开阔。『沧浪』是叠韵连绵词，『浪』音『良』，不读『波浪』的『浪』。『沧浪之水』原指汉水，暗含『水清濯缨』『水浊濯足』之意，谓有所取舍也。后亦泛用，衍义遂多，例如『青苍之色』乃至『苍茫』等。我用的是衍义。

下联的『镜』是望远镜。没有望远镜，眼镜也可以。山居秋夜，无月无云，正好擦亮镜片观星，神游太空，悟及彼苍之浩大，想到吾身之渺小，能使善人心喜，恶人胆怯，强人敛手。可笑红尘浪子，天上真星不看，专看人间假星。

暖杏花开听夜雨
寒林叶落唱晨风

暖杏花開聽夜雨
寒林葉落唱晨風

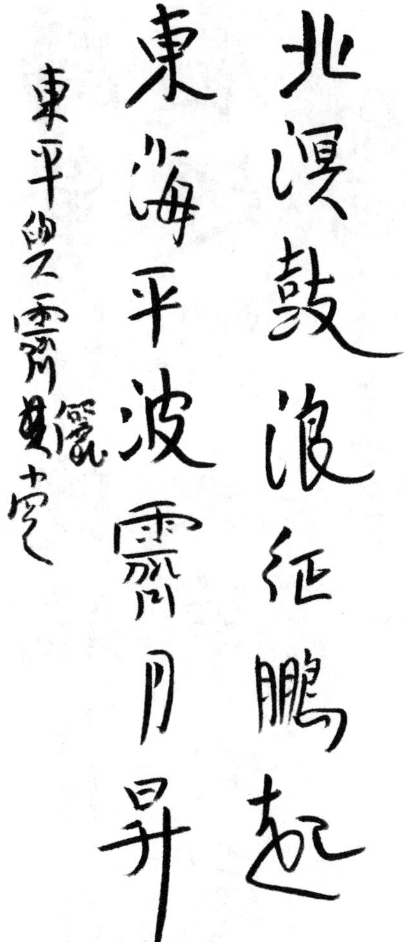

北溟鼓浪征鹏起
东海平波霁月升
东平与霁俪赏

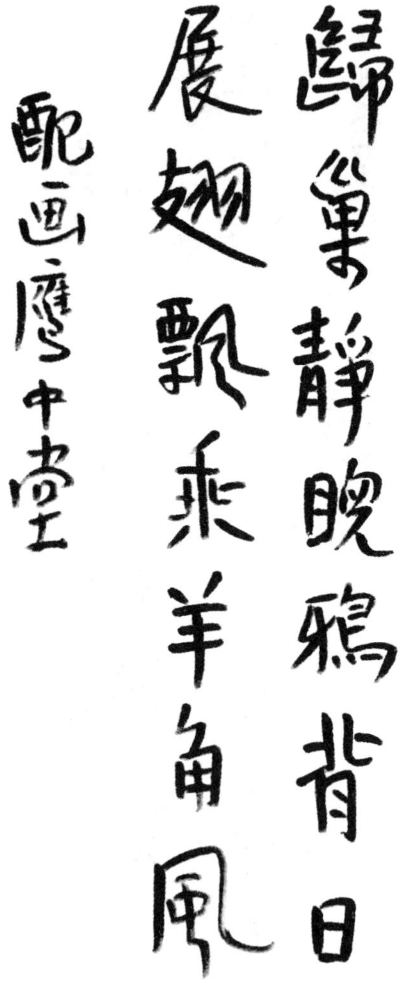

归巢静睨鸦背日
展翅飘乘羊角风
配画鹰中堂

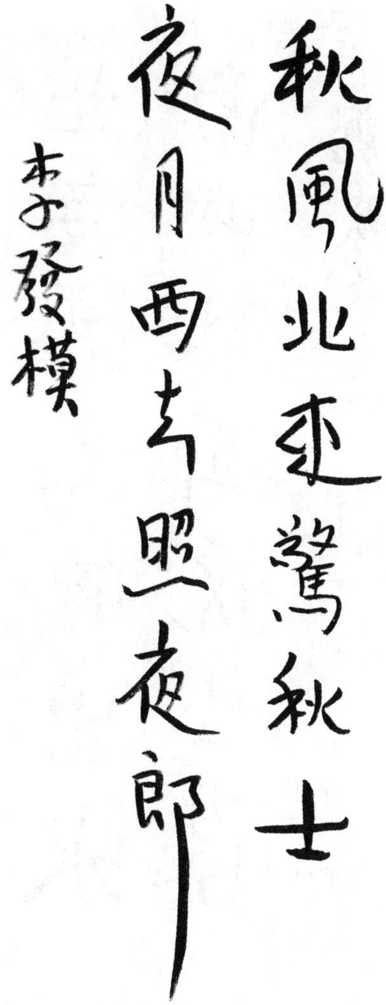

秋风北来惊秋士
夜月西去照夜郎

李发模

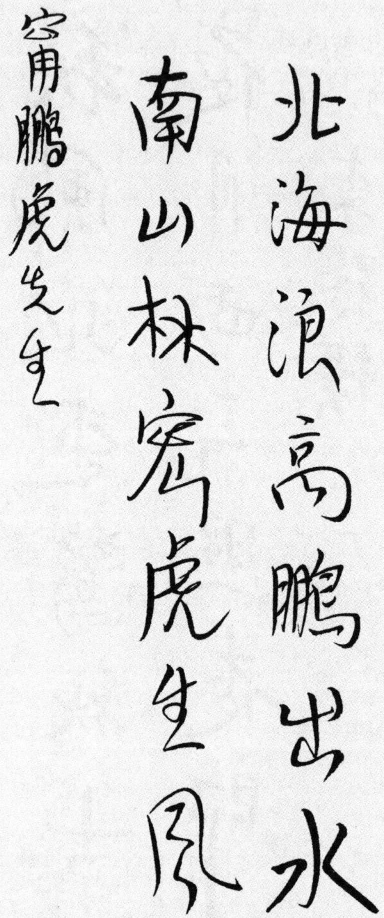

北海浪高鹏出水
南山林密虎生风
宁鹏虎先生

1999年2月9日

1998年，西安有书法界人士函索拙字。虽不相识，见其大名『鹏虎』二字，意象甚为雄壮，特撰一联，嵌名入内。上联原作『北海浪高鹏出水』，见《庄子·逍遥游》鹏自北冥飞南冥之寓言。近日想起有误。出水之际应该是鲲。出水之后起飞，方化作鹏。正在出水若是鹏鸟，羽翼濡湿如何起飞？改『鹏』为『鲲』，这样才通。寄给鹏虎先生的条幅，当然是不能改的。那是别人的大名呀！

上联『北海』即『北冥』。冥，黑暗也。庄周从何而知北极半年黑夜？真是怪事。下联『南山』是终南山，在长安之南面，有虎。汉代李广将军疑石是虎，射矢入石。若无虎，他就不会疑。虎生风者，《易经》所云『风从虎』也。这是观察不精所致。实情是虎不从上风来，以免腥气惊跑猎物。

（上联有特意的改写，『北海浪高鲲出水』，且有关此赠联的说明。——编者注）

万里桥通万里路
六盘水隔六盘山

萬里橋通萬里路
六盤水隔六盤山

1999年1月19日

成都万里桥，桥名来自蜀汉，诸葛亮送费祎出使吴国，设宴于此，说：『万里之行从此始。』丞相一句话，古迹留到今。那座桥固然早就圮夷了，但是桥基位置不会相去太远，总在今桥附近。年轻时过此桥，每生遐想，兴起『事去千年犹恨速』之叹息。文物古迹，移人心志，默化之功大矣。

上联想出来，找不到下联。不死心，偏去找。看来这是自苦，其实这是自乐。此中乐趣，唯寻找者知之，而不足为外人道也。前不久翻地图，见贵州省有六盘水，联想起甘肃省六盘山。虽然悬隔甚远，若风马牛之不相及，但是能拿来作下联，似乎还工整，乃私心窃喜，若彩票中奖然。不过下联意思太浅，与上联不相侔，只算文字游戏罢了。

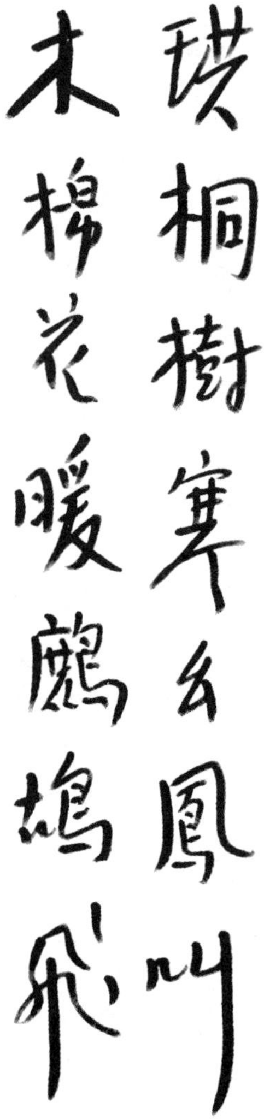

珙桐树寒幺凤叫
木棉花暖鹧鸪飞

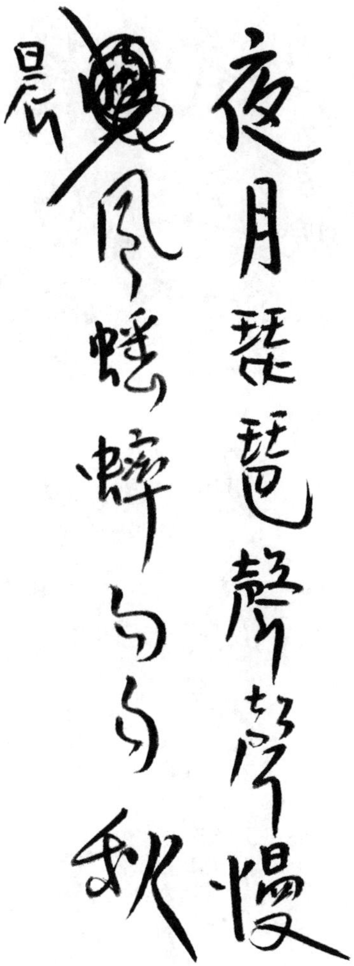

夜月琵琶声声慢
晨风蟋蟀句句秋

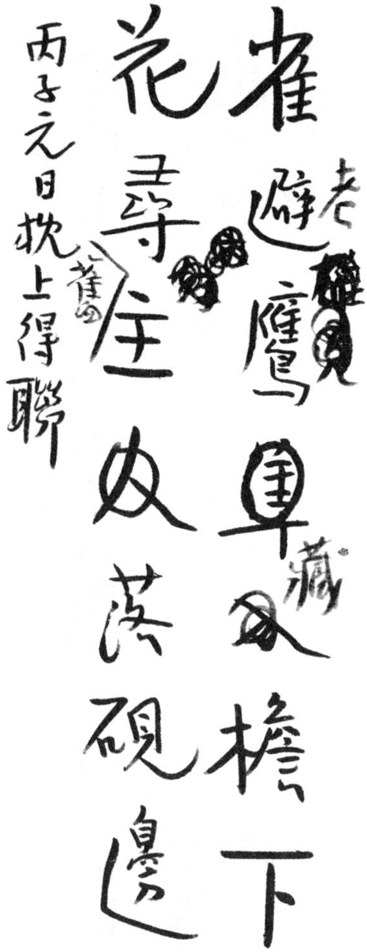

雀避老鹰藏檐下
花寻旧主落砚边
丙子元日枕上得联

厲風不入庭中樹
祥氣常浮戶外峰

厉风不入庭中树
祥气常浮户外峰

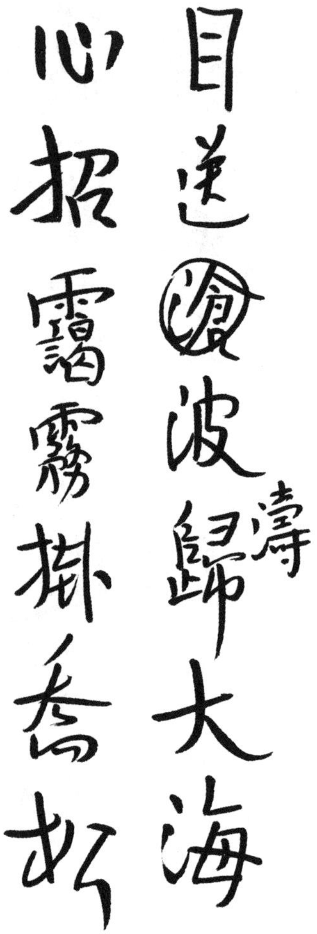

目送波涛归大海
心招靄雾挂乔松

長河北來聲動地
大江東去浪連天

长河北来声动地
大江东去浪连天

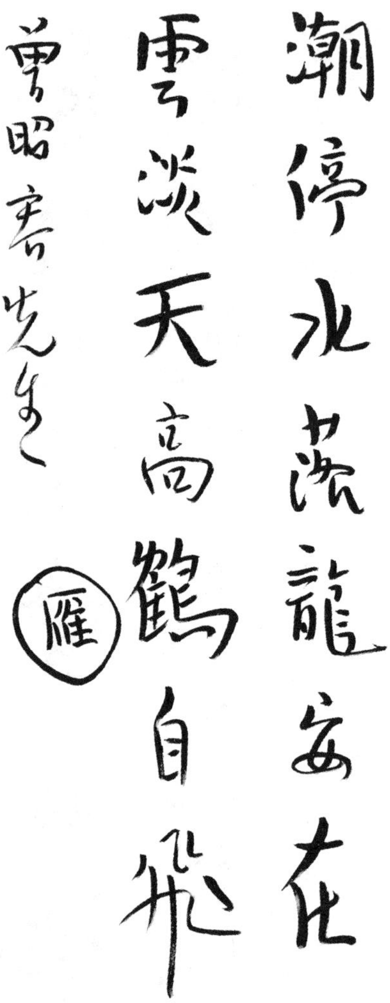

潮停水落龙安在
云淡天高鹤（雁）自飞
曾昭容先生

放眼寰中须走马
游心物外且乘龙
郭君稳谢维娜俪赏　1997.6.7.

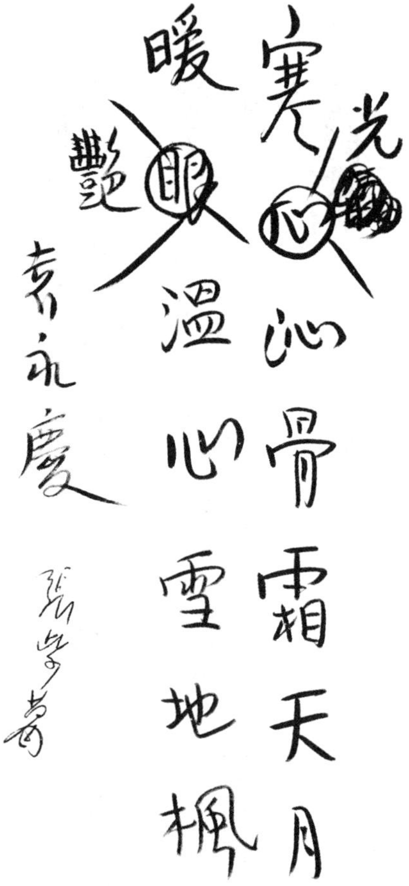

寒光沁骨霜天月
暖艳温心雪地枫
袁永庆　张紫葛

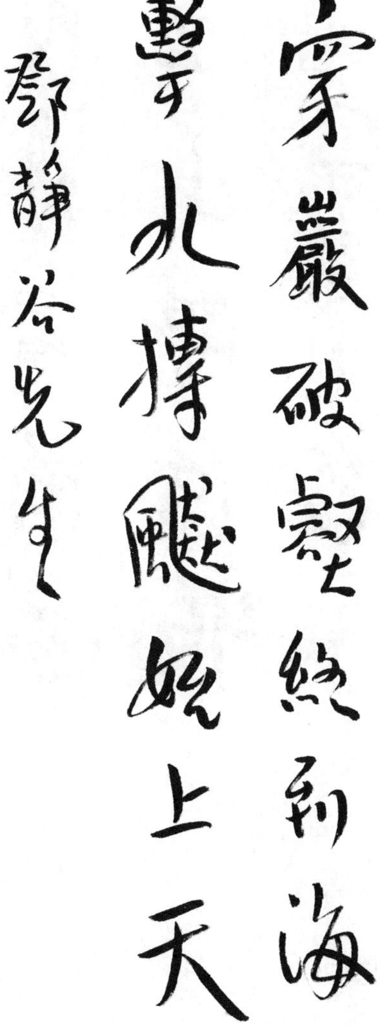

穿岩破壑终到海
击水抟飙始上天
邓静谷先生

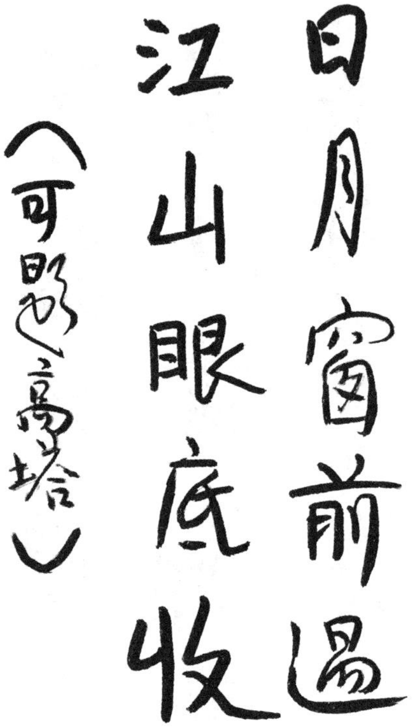

日月窗前过
江山眼底收
（可题高塔）

常恨朝露晞赤燄
最悲暮雪送青絲
悼賀星寒

常恨朝露晞赤焰
最悲暮雪送青丝
悼贺星寒

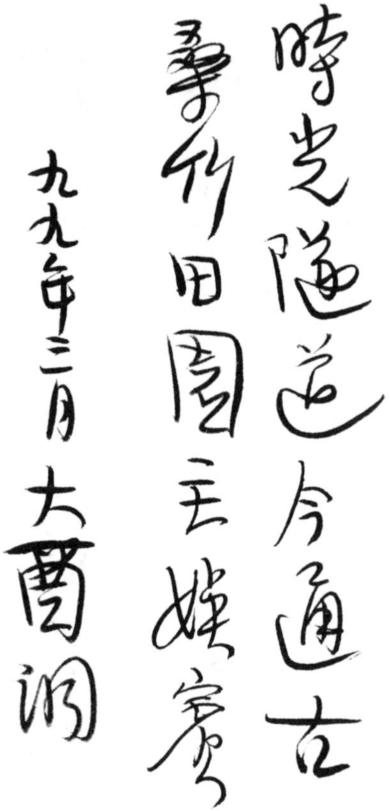

时光隧道今通古
桑竹田园主娱宾
九九年三月大酉洞

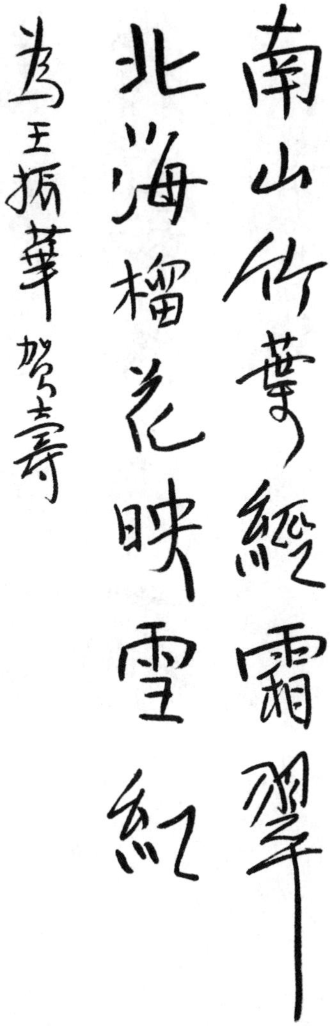

南山竹叶经霜翠
北海榴花映雪红
为王振华贺寿

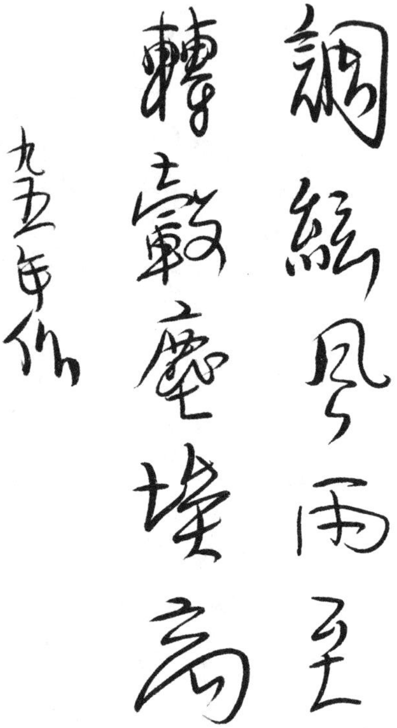

调弦风雨至
转毂尘埃高
九五年作

無影無蹤漁郎路誌
有根有據陶令文章
入山

无影无踪渔郎路志
有根有据陶令文章
入山

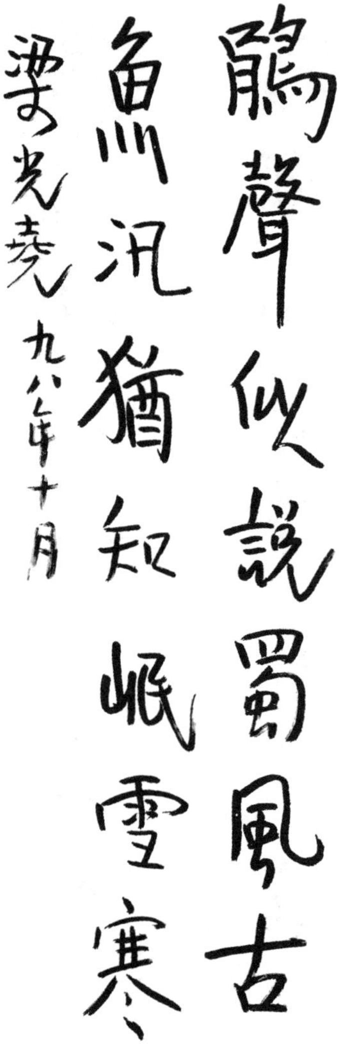

鹃声似说蜀风古
鱼汛犹知岷雪寒
梁光尧　九八年十月

蜀人舉杯邀夜月
秦客敲缶唱晨風
為大四川作

蜀人举杯邀夜月
秦客敲缶唱晨风
为大四川作

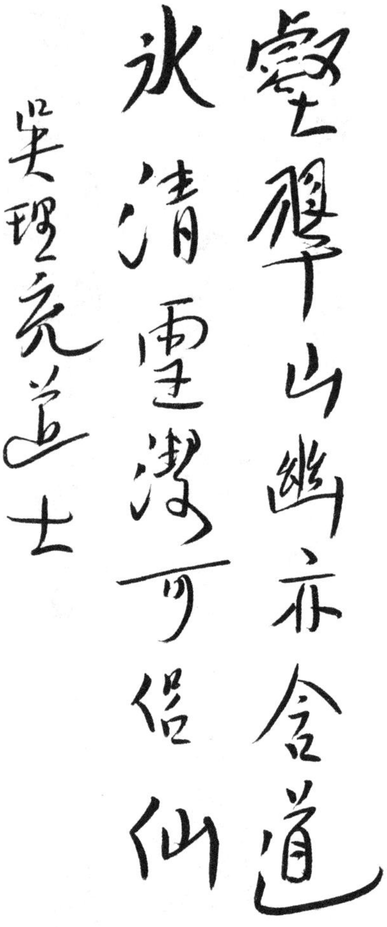

鋆翠山幽亦含道
冰清雪洁可侣仙
吴理充道士

津埠塵囂津客倦
蜀江水碧蜀山青
任芙康

津埠尘嚣津客倦
蜀江水碧蜀山青
任芙康

展翅迎风歌泽雁
开花向日舞园葵

曾令葵

老圃黃花秋織錦
靈山白霧暮連雲

老圃黄花秋织锦
灵山白雾暮连云

五柳遮门陶令宅
百花绕岸杜陵庄

五柳遮門陶令宅
百花遶岸杜陵莊

玉樹臨風瑩琥珀
丹花着雨溼臙脂

玉树临风莹琥珀
丹花着雨湿胭脂

潜水曾思追海鱼
看云又想作天仙

门前绿树招啼鸟
阶下苍苔衬落花

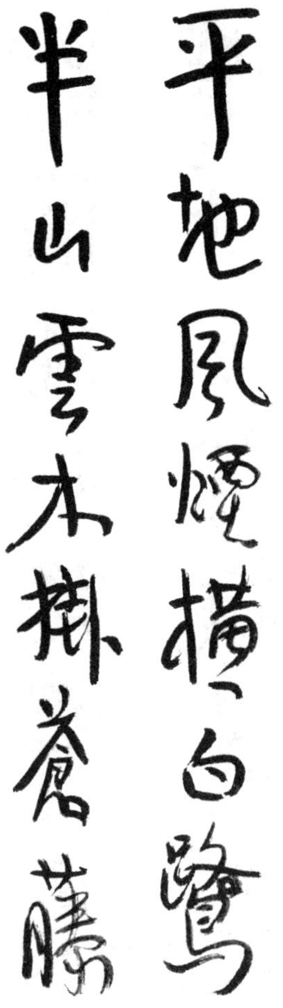

平地风烟横白鹭
半山云木挂苍藤

青山入户成知己
明月同舟當故人

青山入户成知己
明月同舟当故人

春使鸽鹏传命令
秋催蟋蟀送通知

春使鴿鵬傳命令
秋催蟋蟀送通知

澗水哼歌朝及暮
雲山入畫古猶今

涧水哼歌朝及暮
云山入画古犹今

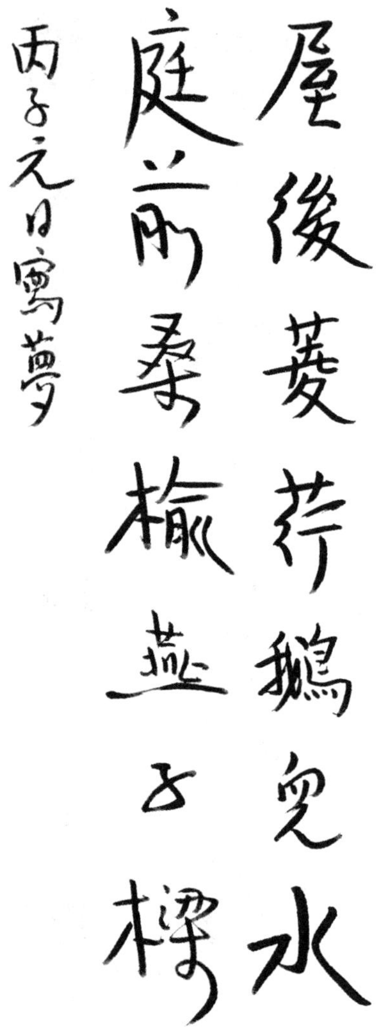

屋后菱荇鹅儿水
庭前桑榆燕子梁
丙子元日写梦

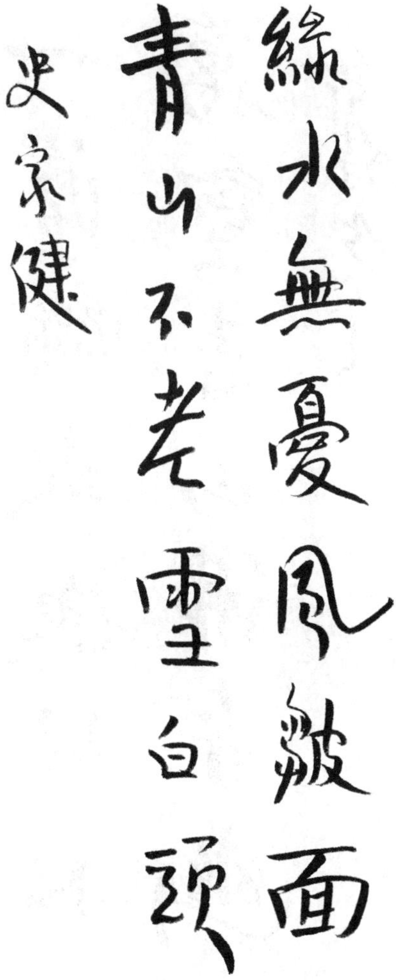

绿水无忧风皱面
青山不老雪白头
史家健

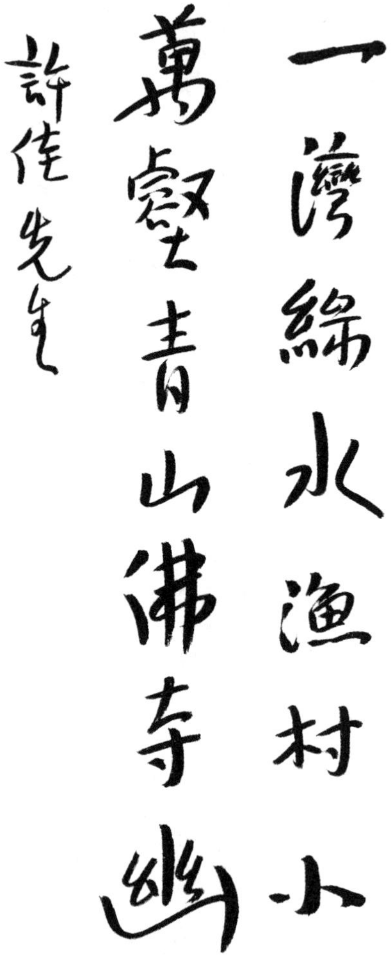

一湾绿水渔村小
万壑青山佛寺幽
许佳先生

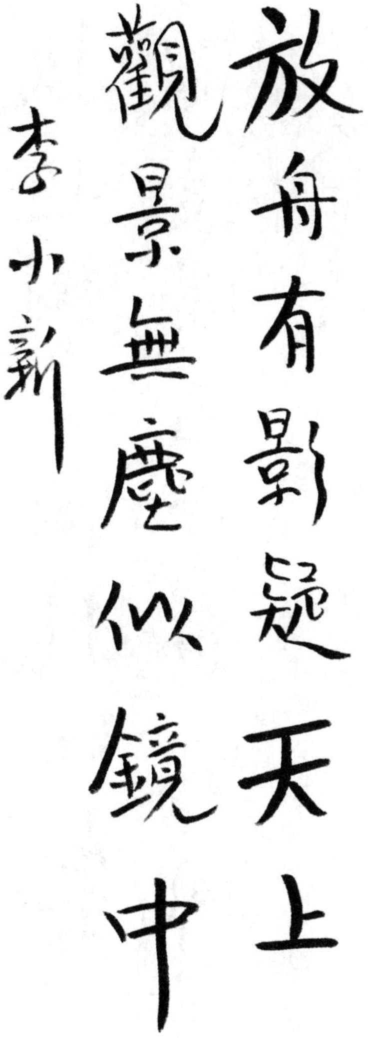

放舟有影疑天上
观景无尘似镜中

李小新

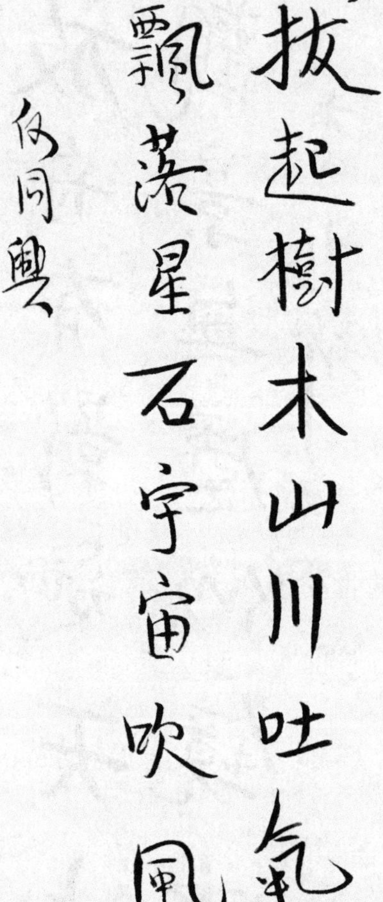

拔起树木山川吐气
飘落星石宇宙吹风
何同兴

1998年9月22日

《庄子》写风：『夫大块噫气，其名为风。』说大自然打嗝，那就是风。试想象有一位藏身不露的巨人，他一打嗝便刮台风飓风龙卷风，何其暴烈可怖。不过上联我说的是有形体可睹的山川，自从人类社会工业化后，被挖被炸被砍，被淤被填被污，饱受凌辱，憋不住那一口恶气喷吐而出，便成摧林拔木的风灾，警告人类社会。这也算是以恶还恶，可不畏乎？

人类应该有所敬畏才好。比风灾更可怕的是从地球轨道圈外飘来的大陨石和小彗星，只要它们的直径大到八公里，便能撞毁半边地球，消灭所有噍类。太平洋水下的大凹坑便是某次撞击成的，谁敢说永远不会有下次撞击呢？我想象那是宇宙吹风造成的大灾大难，而陨石和彗星的飘落不是由于万有引力，是由于风，神秘的风，令人敬畏的风。

六瓣雪花开智慧
三叠瀑布泻文章

六瓣雪花開智慧
三疊瀑布瀉文章

咏雪，东晋谢小姐说，那是『柳絮因风起』，比她哥哥的『撒盐空中』好，大获谢公奖赏。我想古人观察似欠精微，竟无咏及雪花六角形的。飘飘荡荡一片雪，请细看，原来是由朵朵雪花集合成的，既非晶粒状之盐巴，亦非纤维状之柳絮。雪花之形，直到宋代才有人说：『草木之花多五出，雪花独六出。』『六出』即六角形。我说六瓣，当它作花。多奇妙的六瓣，谁给它设计的？如果确有『上帝』存在，他老人家一定精通几何学，不然设计不出来。一粒沙中见世界，一朵花中见天堂。一朵雪花中，我看见智慧。上联如此。

下联『三叠瀑布』曾在庐山见过。我想，文章该有层次，亦如诗有起承转合。三叠瀑布教我们该怎样写文章。主张散文要散的论家说：『八股文还八叠呢！』他们以散漫为自由，为潇洒，亦能勉强圆其说。

雪后孤松别样翠
山间野水自然清

雪後孤松別樣翠
山間野水自然清

1998年7月21日

这是写来赠朋友的，赞赏朋友色翠质清。朋友就是要互相欣赏嘛，往好处说，总不会错。发现对方有缺点，可以当面给他提。所以我撰赠人之联，都拣着好处说。这不是要想讨好他，捞点儿什么。一句话，要看出自谁人之口。君子之口说出来，是扬善；小人之口说出来，是献谀。听其言，必先察其人，庶不至混淆了善恶也。

上联请注意色彩和空间。翠松以白雪为背景，乃有反差效果，所以『别样翠』呢。野旷天低，空阔中一孤松，亦是人格象征，雄健可喜。下联自老杜的『在山泉水清』演化出。说得不好听，便是偷。老杜在天有灵，见有人来『偷』他，定当快活半日，深感欣慰。实在说来，我只加入『自然』二字进去，便得下联。『自然』一词译成口语便是『本来就是那个样子』。《庄子》书中『自然』一词便是这样讲的。

海边迷程鲸搁岸
笼里唱曲鸟思家

海邊迷程鯨擱岸
籠裏唱曲鳥思家

这是生物界的两大悲剧。上联的鲸，地球上的第一名巨无霸，没有比它更大的生物了，却不知为什么游到海边来搁岸自找死。我说它是旅途迷程，却回答不出来是什么原因使它迷程的。是地球磁场局部改变，干扰了它的导航系统呢，还是洋流发生变化，使它误认方向？另有推测，说这是鲸自杀，抗议海洋污染。果如此，罪在人类了。沧波难游，谁悲失路之鲸？看见屏幕上一群人，放着正事不做，跑到海滩抢救迷鲸，送它下海，我很感动，认为这是生命觉悟付诸实践。下联的鸟，泛指家中笼养的鸣鸟。在我们家，养得再好，毕竟不是鸟的家啊！为什么不放它回家去？你可以辩护，说你很爱它，给它美食，给它洗澡。但是爱有两种，一是喜爱，一是爱护，你是哪一种？

有时我觉得自己是迷鲸，有时又觉得自己是笼鸟，不禁悲从中来。

雪花飄智慧
瀑布瀉文章

雪花飘智慧
瀑布泻文章

錦里驅客何處去
繡川問我幾時歸
《文革舊作》

锦里驱客何处去
绣川问我几时归
《『文革』旧作》

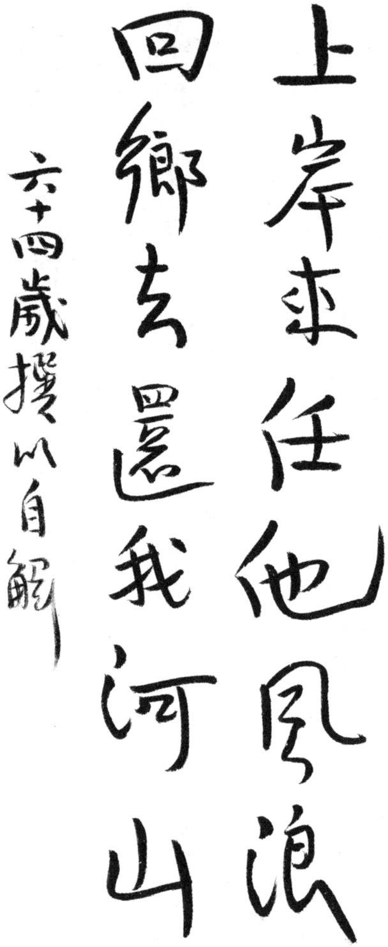

上岸来任他风浪
回乡去还我河山
六十四岁撰以自解

槐蔭老宅吾家松齡

夜幕隨雞聲消散去

春心被鳥語喚回來

槐荫老宅吾家松龄

夜幕随鸡声消散去

春心被鸟语唤回来

根尋漠北蒼天下
跡寄川西繡水邊

根寻漠北苍天下
迹寄川西绣水边

1999年4月20日

年龄入秋，便想弄清楚『我从哪里来』。童年闻诸老姑奶奶说，祖先在元朝做大官，是蒙古人，亡国后改姓余，有『九子不葬父，一女打荆棺』故事云云。小孩对这类事没兴趣，听之藐藐，不想问个水落石出。待到秋霜染鬓，想弄清楚，奈何宗族长辈俱已作古，欲问津而无渡，才万分悔恨了。前几年受族兄之托，整理族谱，仍无径可追溯六百年前国亡改姓史实，歉甚。但总算查明白三百年前先祖良公自扬州泰县迁来四川金堂外北绣水河畔垦荒务农史实，知我族七代前是农夫。寻根，暂时只能寻到这里，尚无径可通往漠北蒙古草原，不过临北风而怀想依依罢了。国家历史，从读小学起就在研习了。个人历史，参加革命时交代清楚了。唯有中间那一段，宗族史和家族史，对大多数中国人来说，是一笔糊涂账。难道这不算历史吗，值不得研究？

江上清风招我至
山间明月待谁归

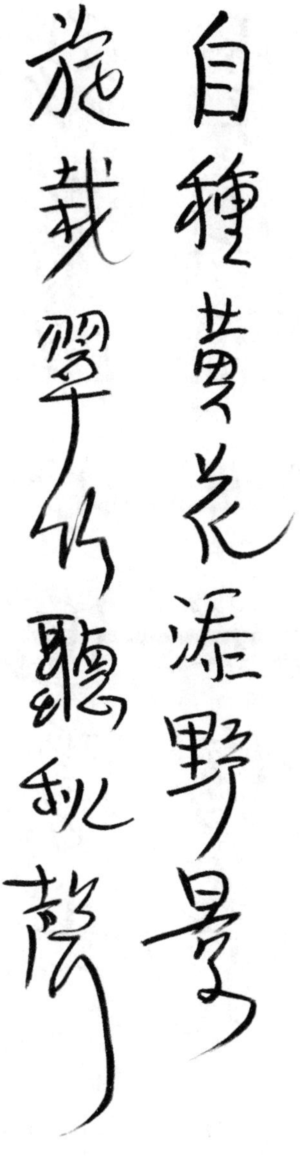

自种黄花添野景
旋栽翠竹听秋声

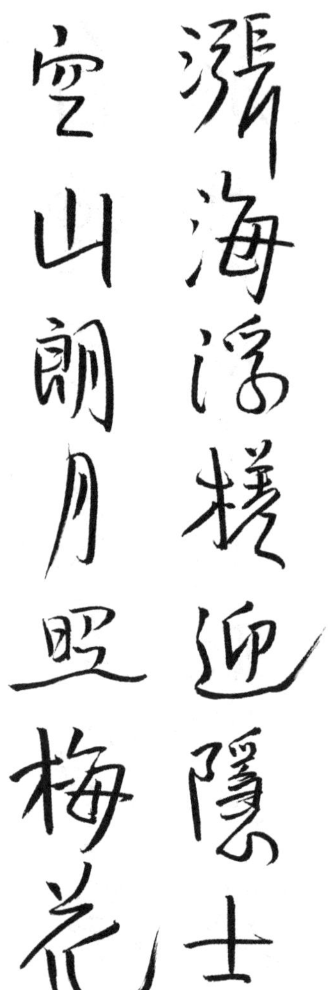

涨海浮槎迎隐士
空山朗月照梅花

東去江流無晝夜
南來山色有春秋

东去江流无昼夜
南来山色有春秋

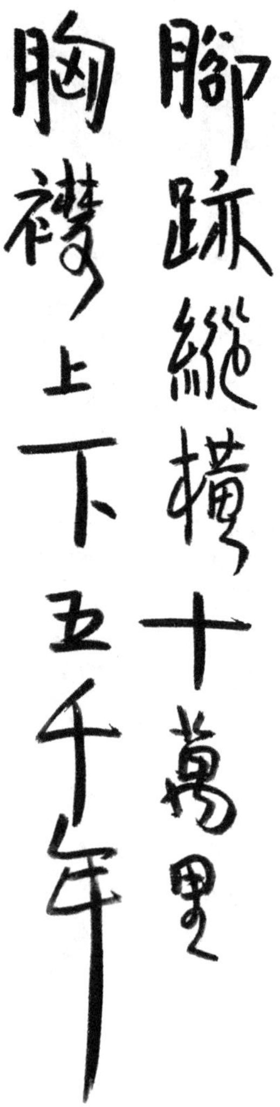

脚迹纵横十万里
胸襟上下五千年

最愛芳園白雪紅梅擎玉宇
常思樂土青山綠水遶金堂
金堂梅林公園　元年八月

最爱芳园白雪红梅擎玉宇
常思乐土青山绿水绕金堂
金堂梅林公园　元年八月

我见青山多妩媚
人言白发最公平

我見青山多嫵媚
人言白髮最公平

辛弃疾喝了几杯『浊醪』，心情畅和，放眼窗外，无非佳境，连青山也妩媚起来，向他示爱了。于是忘了自己老龄，觉得自身衰颜白发也跟着妩媚起来，所以词句有云：『我见青山多妩媚，料青山见我应如是。』我这上联便是从他的那首词内抽取出来的。那首词的后面还嘲笑说：『江左沉酣求名者，岂识浊醪妙理！』傲然醉态，活生生地画出。

下联想了好久，对出一句『梅依白雪最温柔』，勉强成联。一日想起白居易两句云：『公道世间唯白发，贵人头上不曾饶。』诙谐有趣，可偷其意，作我下联。下联『人言』的『人』便是香山居士他本人了。世道原不公平，他见得太多了，也不抱希望了。晨梳揽镜，忽见一片霜雪，也不认他太傅相当于部长级，照样欺凌到头上来，算是公平了一回吧。

迎来好友窗前月
洗去烦心雨后山

迎來好友窗前月
洗去煩心雨後山

1998年11月24日

《红楼梦》写宝玉气昏死后，从阴间醒转来，『但见案上红灯，窗前皓月，依然锦绣丛中，繁华世界』。那窗前的月亮给他多少温暖！月亮多着，山前的船前的街前的，等等，唯有窗前的那一轮，『转朱阁，低绮户，照无眠』，枕上能眺望者，最是给人温暖，慰人寂寞，若好友然。上联『迎来』是说我们床上起来，窗前走去，去接好友。月亮到窗前来，似乎是专程来看我们的，所以觉得特别亲切，而有异于他月。

月要窗前月，山要雨后山。大雨濯洗之后，山色更见苍翠，更见鲜丽，不但润目，而且涤心。我们心上的烦尘，那些肮肮脏脏、蝇营狗苟、是是非非、得得失失，经此一番洗涤之后，便觉神清气爽。惜乎这种润目涤心之乐，城中倦客无缘享受，山中农夫虽然有缘，却又不知享受，只好留给诗人去吟咏了。不过现代诗人对此不感兴趣，另有关注。

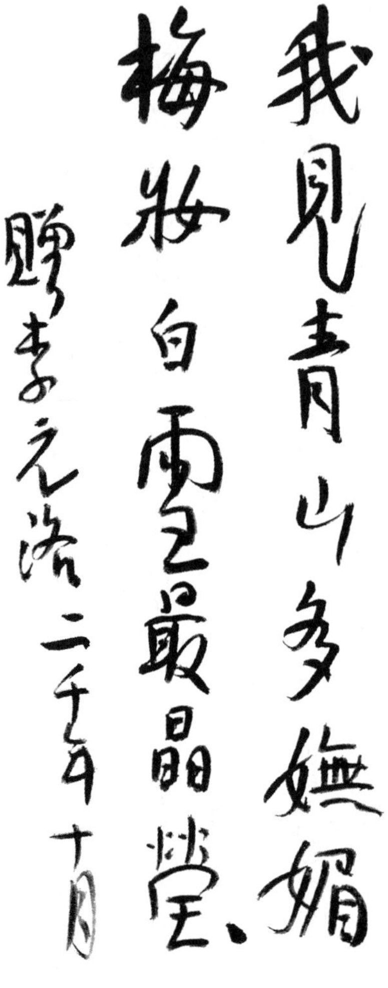

我见青山多妩媚
梅妆白雪最晶莹
赠李元洛　二千年十月

三 —— 做蝴蝶梦

做胡蝶夢
寫杜鵑詩
《贈人·八》

做胡蝶梦
写杜鹃诗
《赠人·八》

夢中做夢夢中夢
身外觀身身外身

梦中做梦梦中梦
身外观身身外身

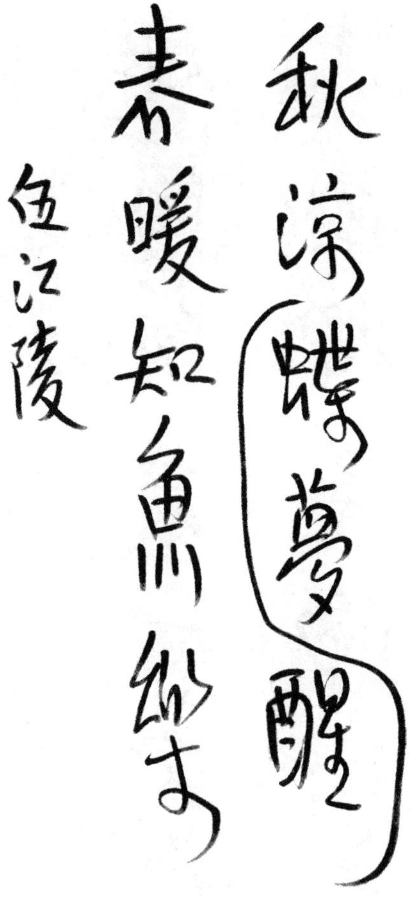

秋凉醒蝶梦
春暖知鱼乐
伍江陵

槐国兴衰一梦也
漆园得失两忘之

槐國興衰一夢也
漆園得失兩忘之

1998年12月15日

试列出一百篇影响过中国人深层意识之作，当有唐代李公佐的《南柯太守记》吧。落第书生梦见自己当了槐国驸马，富贵荣华，位极人臣。醒来身在斜阳庭院，原来仅打了一个盹，片刻短梦罢了。所梦槐国，竟是庭树南柯上的蚁穴。明代汤显祖将之改编成戏剧，斯为《南柯梦》，真是官场中的一服退热清凉剂。中国的读书人都懂得南柯一梦之说，够普及了。上联说槐国的兴也好，衰也好，皆梦也，亦即坡公之叹『人生如梦』，很消极的。下联说庄子。庄周为漆园吏。漆园应该是宋国的漆树林场，庄周做过管理员吧。《辞源》说漆园是地名，也对。但最早总得有一个漆树之园，后来才有可能变成地名。庄子别具价值观念，齐物理，忘得失，游逍遥，守寂寞，在当今社会里行不通。作为个人修养，得到了不要狂喜，失掉了不要气病，还是做得到的。

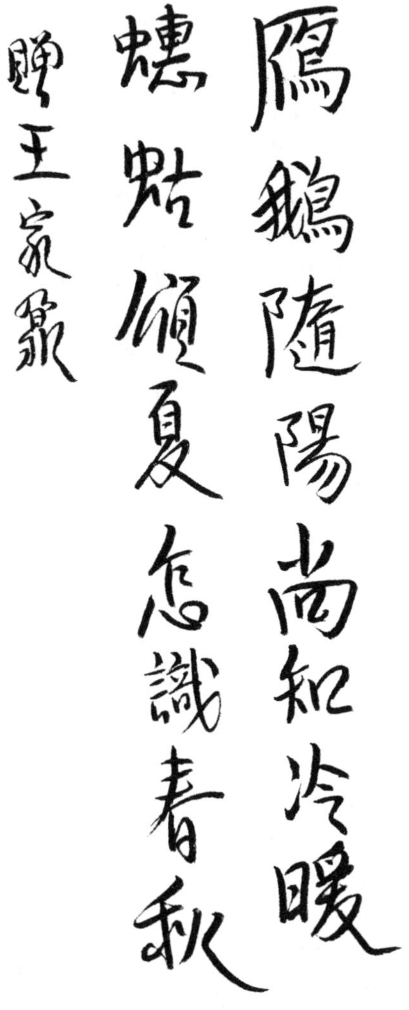

雁鹅随阳尚知冷暖
蟪蛄颂夏怎识春秋
赠王家鼐

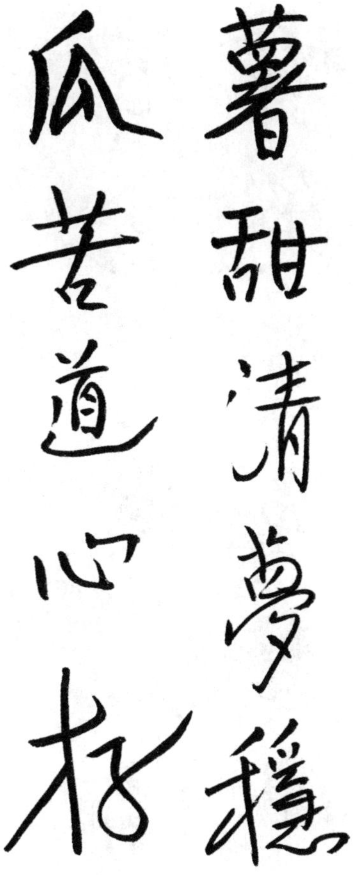

薯甜清梦稳
瓜苦道心存

赏花寻梦人独立
衔泥筑巢燕双飞

賞花尋夢人獨立
啣泥築巢燕雙飛

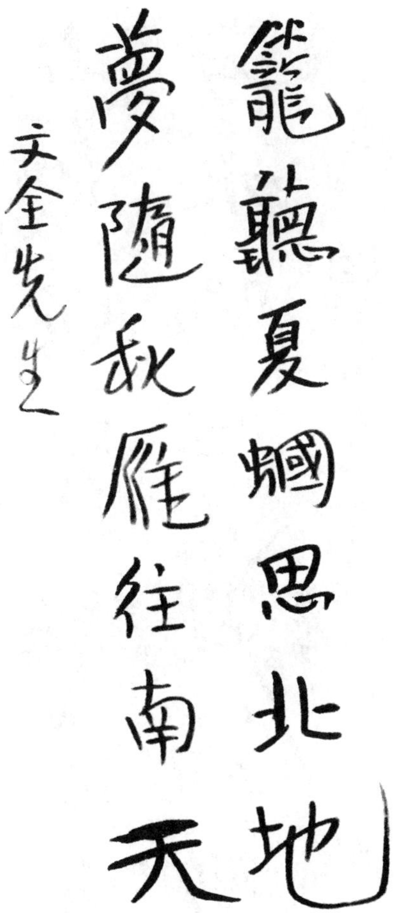

笼听夏蝈思北地
梦随秋雁往南天
文全先生

山花寂寥思蝶舞
海水呜咽梦鲸歌
铸公先生

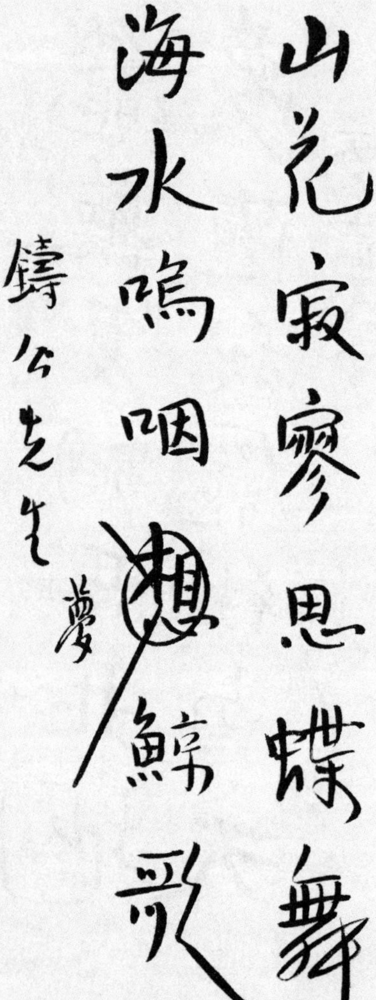

1998年8月25日

云南有蝴蝶泉，春末万蝶飞舞，成著名风景点。到了二十世纪五十年代，怪哉，蝴蝶忽然少了，一年不如一年。请教苏联专家。考察后，笑答曰：『这是农药带来的进步。蝶科幼虫有害，不必惋惜。』此后我们又『进步』了四十多年，蝴蝶快灭绝了。如今山花寂寥，还想得起蝴蝶的翩翩舞。城里园花不识蝶为何物，说那是远古的童话呢。有病蝶哭诉说：『人是最大的害虫！』

二十世纪七十年代末，据考察，地球上任何一处的海水，DDT含量都在亿分之八以上。其他污染同样严重。鲸之命运如蝶，正在逐年恶化。鲸类冲岸自杀，我想那是抗议。动物学家发现鲸也唱歌，还录了音。鲸歌内容，只好猜测。我想有一首歌词翻译成人话或许包含这样的一句：『岸上那些两脚害虫真可恶，他们还在向海洋放毒！』

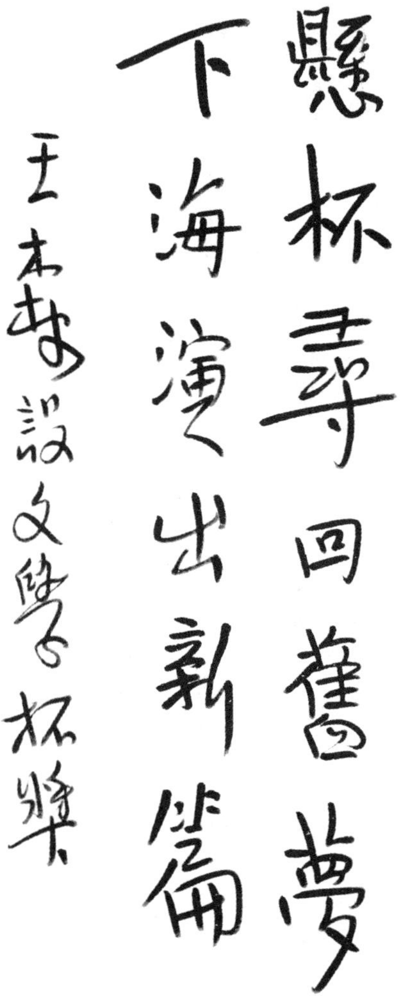

悬杯寻回旧梦
下海演出新篇
王森设文学杯奖

情依蕙芷三分淡
夢入冰凌一樣清
魏明（學鋒夫人）

情依蕙芷三分淡
梦入冰凌一样清
魏明（学锋夫人）

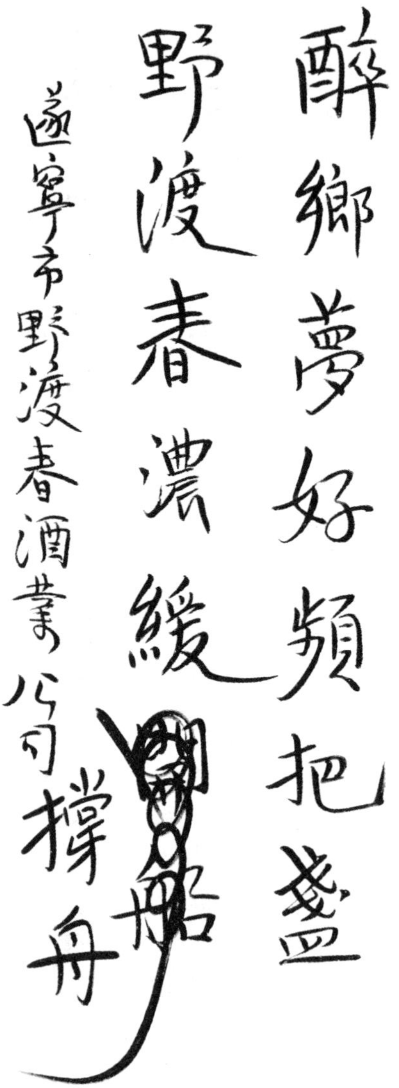

醉乡梦好频把盏

野渡春浓缓撑舟

遂宁市野渡春酒业公司

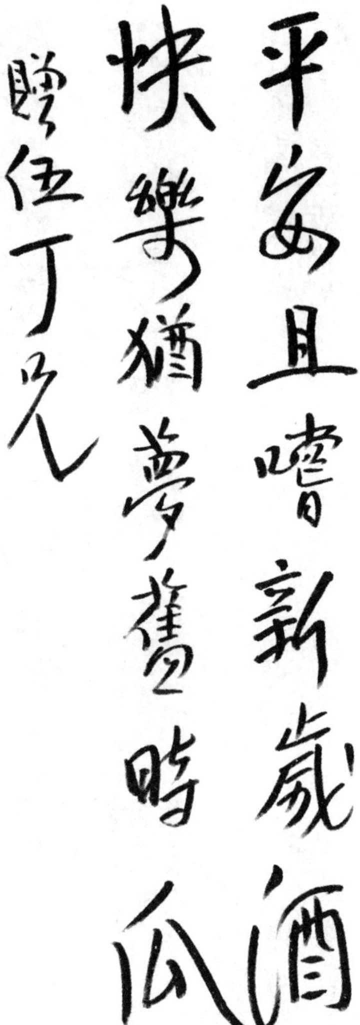

平安且尝新岁酒
快乐犹梦旧时瓜
赠伍丁兄

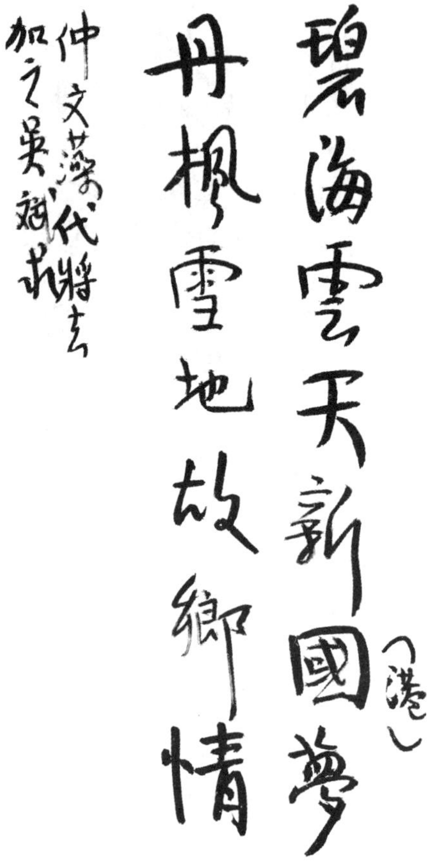

碧海云天新国（港）梦

丹枫雪地故乡情

仲文藻代将去加之吴斌求

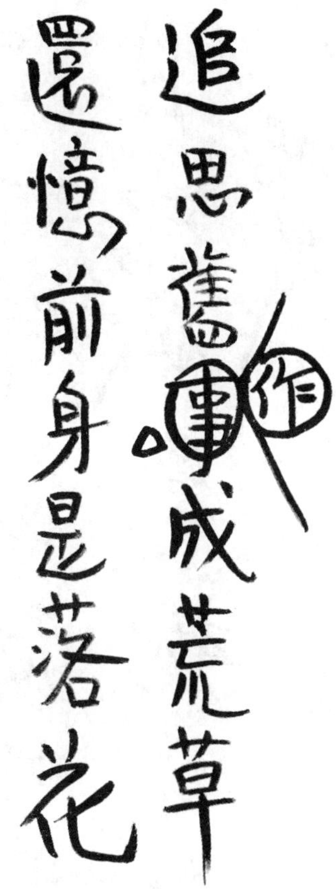

追思旧事成荒草
还忆前身是落花

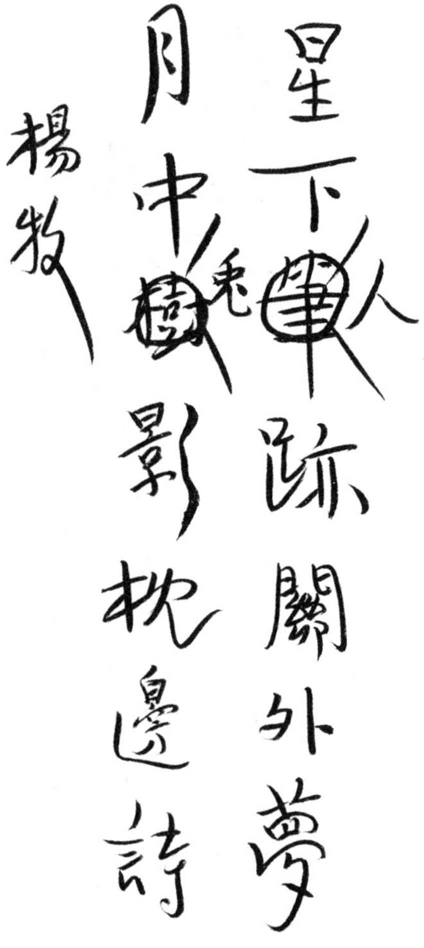

星下人迹关外梦
月中兔影枕边诗
杨牧

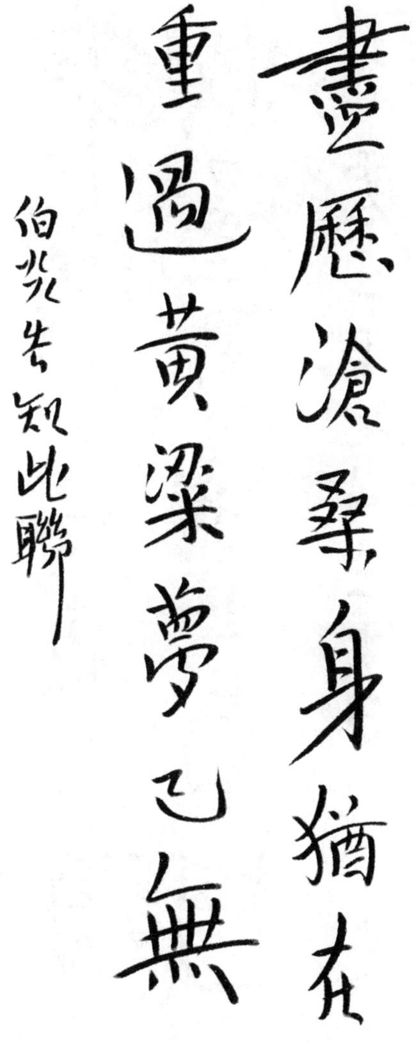

尽历沧桑身犹在
重过黄粱梦已无
伯炎告知此联

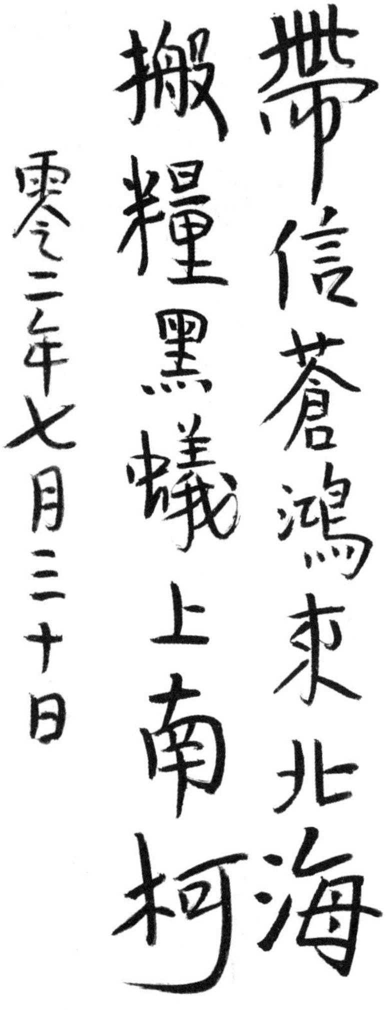

带信苍鸿来北海
搬粮黑蚁上南柯
零二年七月三十日

四 —— 哭笑成诗

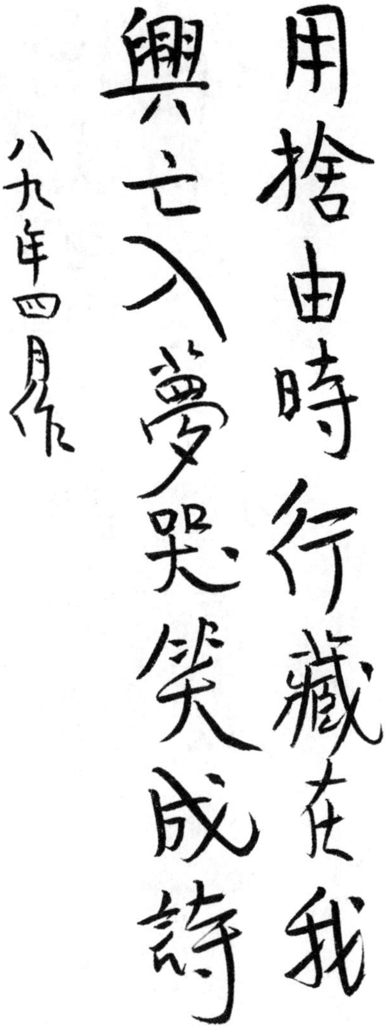

用舍由时行藏在我
兴亡入梦哭笑成诗
八九年四月作

圍桌煮海翻紅浪
舉杯飲河捲白波
《火鍋店》

围桌煮海翻红浪
举杯饮河卷白波
《火锅店》

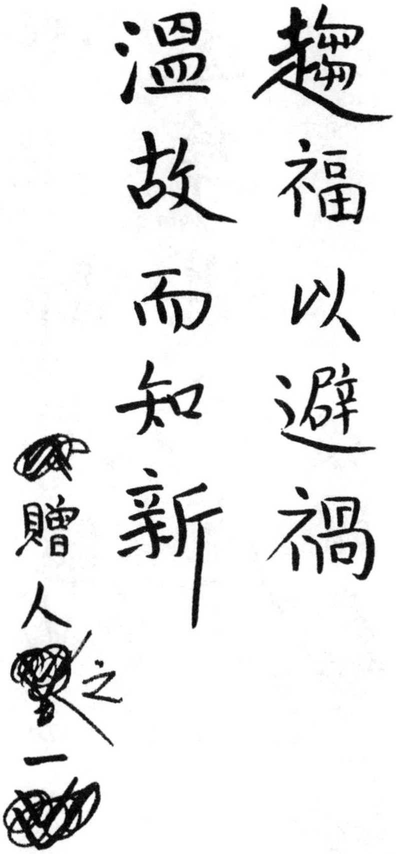

趋福以避祸
温故而知新
赠人之一

潜蛟归渤澥
游隼出风尘
赠人之二

潛蛟歸渤澥
遊隼出風塵
贈人之二

青皮夜飲飛天酒
紅革日唱下海歌

青皮夜饮飞天酒
红革日唱下海歌

無事不登三寶殿
有權便搞一言堂
《諷世·二》

无事不登三宝殿
有权便搞一言堂
《讽世·二》

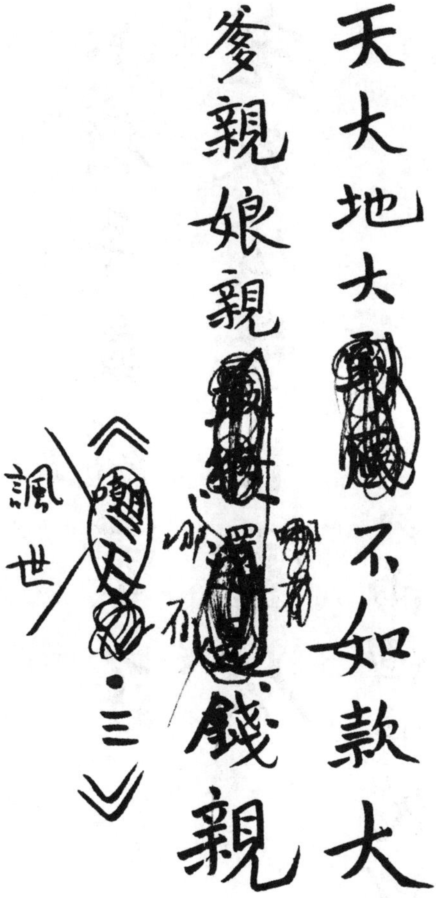

天大地大不如款大
爹亲娘亲哪有钱亲
《讽世·三》

小孩子爱玩电子
老家公惊怕雷公
《两个时代》

小孩子愛玩電子
老家公驚怕雷公
《兩個時代》

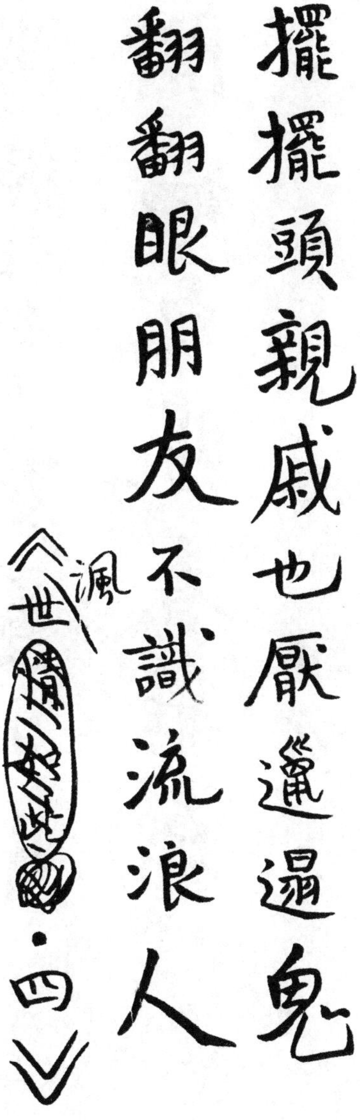

摆摆头亲戚也厌邋遢鬼
翻翻眼朋友不识流浪人
《讽世·四》

懶照華髮憂日月
閒翻白眼看雞蟲
《自嘲》

懒照华发忧日月
闲翻白眼看鸡虫
《自嘲》

1998年5月19日

此亦自勉之作。想我初惊白发那年还在《星星》工作，朝来揽镜，见那一丝白光一闪，几乎大恸。后来渐渐多了，人说可染。『这不是作假吗？』我问自己。想起余光中诗一句：『染发剂是有毒的，休要自误！』便只好挺住了。光阴迅速，一晃又十多年，正是虱多不痒，债多不愁，白发多也不忧了。不但不忧，镜子也懒照了。日月跳丸，东流水不回头，忧也枉自忧啊！

幸好如今闲了，再不可能拼命干了。闲处光阴，椅上读书，这不正是二十年右派生涯中的梦想吗？还惆怅个啥呢？快享受琅嬛福地读书之乐吧。书房临街，常常听见外面打起来了。去阳台上看看，多属鸡争虫一类的战斗。鲁迅诗句有『白眼看鸡虫』。白眼者不想正视也。翻白眼也累人，所以有空闲我才翻。

蛋打鸡飞去
骨丢狗跑来
《鸡年完了狗年到》

蛋打雞飛去
骨丢狗跑來
《雞年完了狗年到》

魔海三角人處世
仙山萬里馬識途

《贈人·六》

作者自註曰：『上聯指百慕大三角海。下聯用齊桓公典故。』

魔海三角人处世
仙山万里马识途

《赠人·六》

作者自注曰：『上联指百慕大三角海。下联用齐桓公典故。』

魔海三角航船忘返
仙山萬里鵠鳥知歸

魔海三角航船忘返
仙山万里鹄鸟知归

1998年6月2日

大西洋的百慕大三角海域内，多发海难空难，原因不明，故名『魔鬼三角』。事涉神秘现象，人喜谈论。可惊者，社会上到处有『魔鬼三角』，陷人入阱，致使身败名裂，家破人亡，而人往往失察，甚至一陷再陷，终不憬悟。少年踏入社会，似船出海，遇蜃景而流连忘返，不知风险在前者多矣。及其猛省，人已落水，悔之晚矣。晚唐有小杜感叹说：『后人哀之而不鉴之，亦使后人而复哀后人也。』

世有仙鹤，高飞以避猎射，远翥以逃嚣尘，虽游千山万水，不忘旧山归路。予何人？傍人门户一燕子耳，岂敢仙鹤自拟。日唯患蛇患鼠，患儿童持竿来戳泥巢，燕子可怜正似我也。清夜梦回，反省一生，多有苦难，便要羡慕仙鹤，思入冥冥杳杳。此正所谓『虽不能至而心向往之』也。

粮食敞开万家招回昔年饿鬼
票证作废百姓送走现代瘟神
《宣布取消粮票·一》

糧食敞開萬家招回昔年餓鬼
票證作廢百姓送走現代瘟神
《宣佈取消糧票·一》

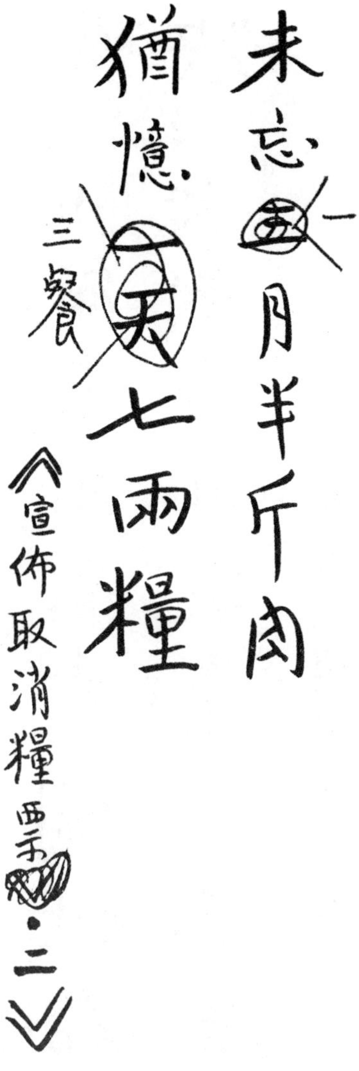

未忘一月半斤肉
犹忆三餐七两粮
《宣布取消粮票·二》

窄窄小纸想从前交关性命
泱泱大国愿此后免愁衣食
《宣布取消粮票·三》

窄〻小紙想從前交關性命
泱〻大國願此後免愁衣食
《宣佈取消糧票·三》

不自在時即苦海
有清閒處是樂園
題茗廂壁

不自在时即苦海
有清闲处是乐园
题茗厢壁

革新你饮拉罐水
守旧我喝盖碗茶
《讽世·五》

革新你飲拉罐水
守舊我喝蓋碗茶
《諷世·五》

新潮涌来，举国若狂。从前那么多年，穷惯了，贱惯了。现在好了，能弄钱了，敢玩派了。有种的体种，父母教。没种的捡样，银幕上荧屏上宴厅上大街上都能捡到榜样。半个世纪前，居家有棕包壶，泡红白茶。二十世纪五十年代以降，保温水瓶冲茶取而代之。今则拉罐饮料一箱一箱地买，喝完了学潇洒，『哐啷』一声抛入垃圾桶里，此之谓『新潮』。不但城中富人玩派，田舍翁之子跑到城里来也跟着捡样。谁叹暴殄天物，谁是老傻瓜土透骨。

老夫节俭惯了，况有胃疾，所以家居饮茶，严拒拉罐饮料。偶与宴飨，不得已了，也喝一罐。吾蜀茶馆，例用盖、碗、船这三件头的茶碗，谓之喝盖碗茶。站在新潮头看，这是守旧，当然不好。究其竟也，孰为新，孰为旧，老夫心头明白。

云散浮名钟醒大梦
茶消浊气酒达仙乡
《自勉·二》

雲散浮名鐘醒大夢
茶消濁氣酒達仙鄉
《自勉·二》

惭愧，上联出自唐人章孝标句『云领浮名去，钟撞大梦醒』，不过糅合重组罢了。交了底，好逃脱自我标榜的嫌疑，让读者晓得我不是那般清高的文人，『浮名』还是要一点点儿，只是不争而已。『大梦』出自《庄子·齐物论》，指人生。生为梦，死为醒。古人相信佛寺的晨钟能撞醒愚顽的好梦，如清凉剂之能退热。我们早就不信那一套了。现在正热，金梦权梦艳梦，种种好梦正酣，枕边钟是闹不醒的。岂但闹不醒，我们在梦中又做梦中梦，就像保险箱，底板下面还有暗层。我从暗层爬了出来，不知自身仍在箱中，继续做梦，还以为自己真的醒了呢。这上联要使我双倍地惭愧了。

下联说茶与酒之妙用。我不喝工夫茶，我只牛饮，日灌两温水瓶，十磅。茶叶不求佳茗，浓就行了。一以简易为归，不讲派头。酒，我根本不会喝。达什么仙乡呢，替酒厂打免费广告罢了。

1998年6月23日

腕大宜剪綵
臀肥好當花
《諷世·六》

腕大宜剪彩
臀肥好当花
《讽世·六》

馬屁留心緩緩拍
貓毛放手輕輕抹

马屁留心缓缓拍
猫毛放手轻轻抹

碩鼠公然逛貓市
老龍同樣過狗年
《諷世·七》

碩鼠公然逛貓市
老龍同樣過狗年
《諷世·七》

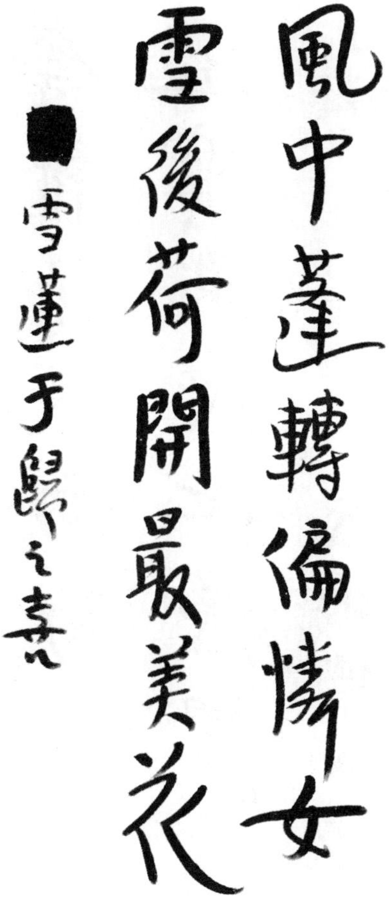

风中蓬转偏怜女
雪后荷开最美花
雪莲于归之喜

奪權須做兩面派
盜寶敢爬七層樓
《諷世·八》

奪权须做两面派
盗宝敢爬七层楼
《讽世·八》

1998年9月8日

『两面派』一词可能是舶来品。罗马神话有门神Janus，生了两副面孔，一前一后。Janus faced做形容用便是『两面派的』或『欺骗人的』。上联夺权的两面派仅指某些政治野心家之具两副面孔者。在运动中，好人之被迫说谎者，小人之两边讨好者，皆不算两面派。『文革』年代，权柄你抢我夺，争斗激烈，必须见风转舵，做两面派，方能攀爬上去，当个赢家；做一面派非输不可。彼时政治道德扫地以尽，为古今之罕见。这应该是国耻。

『文革』结束二十多年，两面派不多了。代之而起的是贪污腐败，成了国祸。与此相应，民间鼠窃狗偷多如牛毛。寒舍在五楼，楼外有水管。内子怕贼攀管而上，钻窗而入，夜间惴惴不安，状殊可笑。我说：『家无金银珠宝，你怕啥呀？』她说：『你就是个活宝！』

壯志全銷（消）往事眼前過電影
癡情半冷舊交頭上起霜花
《哀樂中年》

壮志全消往事眼前过电影
痴情半冷旧交头上起霜花
《哀乐中年》

大談美學鬧半天才是選美
都講真話吹一氣哪能當真
《諷世·九》

大谈美学闹半天才是选美
都讲真话吹一气哪能当真
《讽世·九》

异香分派留脑海
美味溯源到眉山
北京东坡餐厅寄食有作

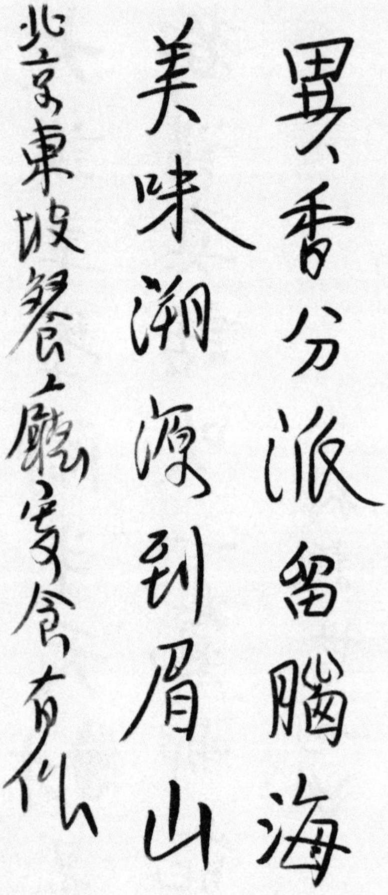

拙联丛话

1999年3月23日

北京东坡餐厅，开在国家图书馆旁，嘉惠学人，雅名昭著。厅主张先生，吾蜀眉山人，素喜接纳京城文人学士，飨以价廉物美之川菜，人缘甚广。前年寄食于此，聚得范用、燕祥、承琬、丁聪、沈峻诸位友人，宴谈茗话，快活之至。事后撰写一联给餐厅补墙壁，算是秀才人情。

凡给餐厅撰联，便不能不带有从旁鼓吹之意，起着『导吃』作用。在下夙撄胃疾，食量狭小，兼之味蕾麻木迟钝，实在没资格扮演美食家，说出一番读者听了舌下生津，喉中咽唾，食指为之大动的话，仅能告诉就座顾客，张老板卖的是四川菜南路味（成都人称眉州、嘉州一路为南路），如此而已。构思时想定了下联要有『眉山』二字。『眉山』对啥？想来想去，想出了白话文常用的『脑海』一词，堪称工整。古人所谓『齿颊留香』，在我只有留脑不忘罢了。

矮哥脚踩增高器
幺妹臂悬比鄙机

矮哥腳踩增高器
么妹臂懸比鄙機

雅言有鹤立鸡群的赞叹，俗话有出人头地的说法，说论有顶天立地的夸张，小说有身长七尺的描写，是知无论贤愚，莫不希冀拔高自身，以表威仪，盖自古而然矣。新时期有增高器之畅销，世纪末有厚底靴之风靡，现代中国人求高的心态何等迫切啊！世风如此，虚荣蛊祟，陷矮哥于迫切中之最迫切了。此中迷误，恐难唤醒，当作喜剧看吧。

下联『比鄙机』就是BP机，已成遍街流感之势，要领世界各国之先，就像四十年前村村稻田『大放卫星』那样可笑。国民性可能有爱表演的习惯，所以社会成了舞台，生活成了演戏。人生的目的不在服务人群，生命的意义不在实现理想，而仅仅在做给他人看。此即幺妹的人生观是也。

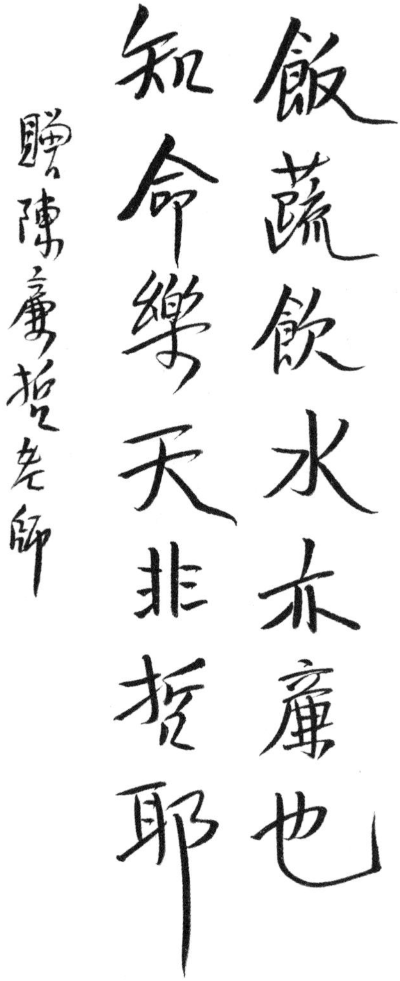

饭蔬饮水亦廉也
知命乐天非哲耶
赠陈廉哲老师

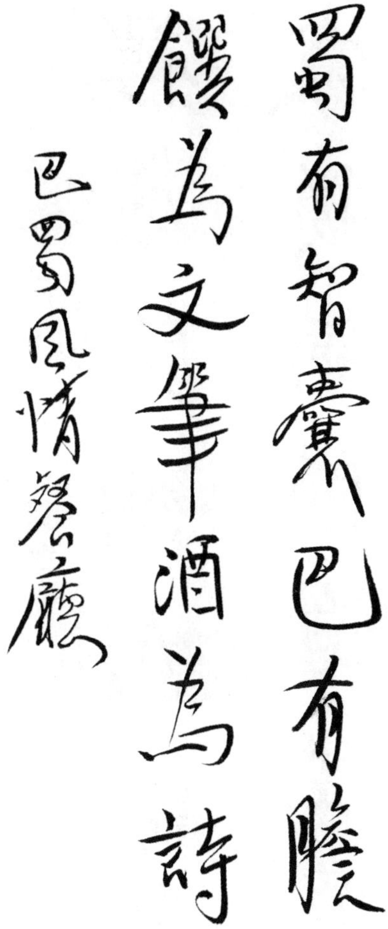

蜀有智囊巴有胆
馔为文笔酒为诗
巴蜀风情餐厅

樓裝鐵網為防盜
家鎖鋼門自坐監

楼装铁网为防盗
家锁钢门自坐监

1999年3月16日

《大预言》炒得热，一窝蜂都迷信，书老板赚大钱。如果预言灵验，就该有一条说中国大街两旁都是『监狱』。怎么不是？两旁楼群家家钢门、层层铁网，诺斯特丹姆士那老头定会说：『这些都是犯人坐监。』试想想吧，钢门铁网是什么象征啊？象征自由吗？象征文明吗？是城市之光吗，还是之耻？

这中间似乎有一点儿哲学。事情总不要做得过了头。过头必然走向反面，事情变质。本为防他盗，终将坐我监。与服刑的犯人作一作比较吧，只有一点不同。犯人的钥匙，统由狱卒管，而我的自己管，更多一些麻烦。何况阳台封死，一朝失火，我将没救，比犯人都不如。强盗和窃贼，除了理想国，哪里都有的。抓是抓不尽的，防是防不完的。对症治疗是无效的，必欲想个法子，使盗贼之源头日趋涸竭，仅涌涓滴一线小水，方为上上策也。

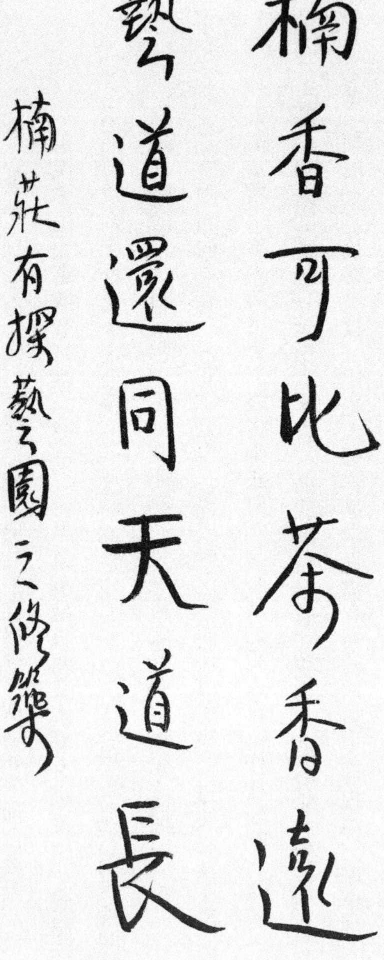

楠香可比茶香远
艺道还同天道长
楠庄有探艺园之修筑

1999年4月6日

廖工程师鸿旭，隐居青城后山楠庄（地名楠木树），写成自传一部，印出散发之后，闲不惯，又在庄内拆除鸡圈，自己动手建筑一院客厅，取名曰『探艺园』，叫我书匾，顺便撰书厅联一副。对，就是这一副。他预约修好后去喝茶，说有香茗甚佳。我顺势凑合他，说茶再香只在厅内，比不上这楠庄，香到百里外的蓉城。廖公无权无势兼无财富，捧他不妨使劲，不会有群众骂我舔肥臀。楠木确实有很香的，打造成船，便是古人说的『兰舟』或『木兰舟』。

探艺？他探何艺？一曰梓艺。出身木匠，擅长古式家具打造雕刻是也。二曰氍艺。酷爱京戏，钻研各派名角唱腔门路是也。三曰书艺。喜好习字，欣赏当今毛笔行楷篆隶是也。下联提醒他，无论哪一艺，艺道皆无止境，亦如天道，就是自然之道，漫长不见尽头，自满不得。

小姐晨妆傍大款
老娘夜战修长城

小姐晨妝傍大款
老娘夜戰修長城

『小姐』之称，宋代泛指社会地位低微的女子，包括姬妾在内。到元代提级了，富贵人家闺阁女子，例如《西厢记》的莺莺，才称小姐。直到二十世纪的四十年代，仍然如此。进入五十年代，世风丕变，小姐戴上地主资产阶级帽子，变成恶谥，批判斗争会上用之。此后中国大陆小姐失踪，直到八十年代，忽然出来亮相。惜乎地位一落千丈，垮回宋代去了。今说某女在城里当小姐，显然不沾地主资产阶级边边，与美丽的莺莺无涉。上联小姐的身份，不必解释了。

下联的『修长城』，可入成都街头八景，煞是好看。不过厚诬了老娘吧，昼夜『筑城』者多为青年男女，而且政教商文各界均有，哪能专揪老娘一人。只是为了对偶工整，我才请她来对『小姐』，望她原谅。说一句公平话，老娘退休之后，不在政教商文各界，她熬夜去『筑城』，你管得住？

火中救民消防队
刀下宰客旅游团

火中救民消防隊
刀下宰客旅遊團

1998年12月22日

前几年有一日家门钥匙丢了，进不得屋。旁人提醒，打电话找消防队，请来两名队员，攀上五楼，拨窗入室，为我开门。观其猱升猿腾，直上阳台，勇敢灵巧，令人叹服。非仅此也，还谢绝了报酬。我心不安，翌日送去《Y先生语录》两本，实在不伦不类。近年又见他们常上电视新闻，非但灭火，兼领排险、消毒、抗洪、救灾诸般杂务，不惮危烦，真好汉也。还见他们的李队长总在现场实打实干，令我敬仰。私下想写一幅字为他们叫好，又怕唐突，就只好心仪了。

与此同时，多次报上看到旅游行业随便宰客，不择手段，使人游兴顿扫，为我蓉城惭愧。两相比较，职业道德优劣自见。一个在救，一个在宰，正好拿来编撰拙联，挣点儿小钱，补贴家用。在下向双方道谢了。此之谓『无差别境界』也欤？

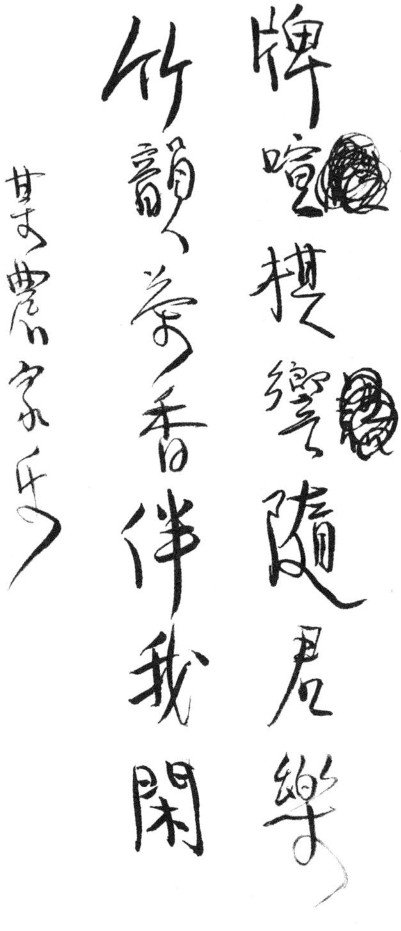

牌喧棋响随君乐
竹韵茶香伴我闲
某农家乐

閙市嚐新菓
荒園憶故瓜

闹市尝新果
荒园忆故瓜

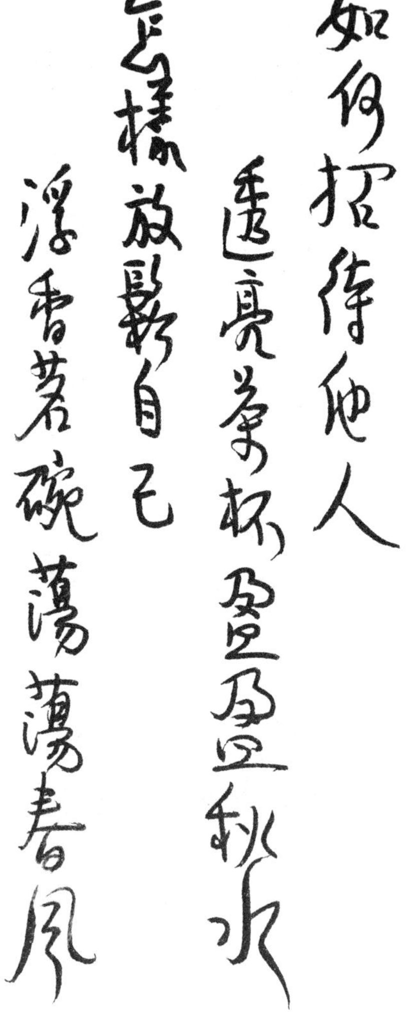

如何招待他人　透亮茶杯盈盈秋水
怎样放松自己　浮香茗碗荡荡春风

人情常恋旧
天道总还原

亲吻佳人宜美齿
爱尝异馔须强牙

奕龙牙医

親吻佳人宜美齒
愛嚐異饌須強牙

奕龍牙醫

牙医之伟大，洋人早知道。各科医生通称doctor就可以了，唯牙科医生独享dentist的特称。牙医哪点伟大？看拙联便明白。上联说色，下联说食。人生食色二性之满足，皆有可能不得不求助于牙医之治疗与镶整。这难道还不伟大吗？试看屏幕上的男女明星，接起吻来，哪个不是『齿若编贝』的呢？

下联值得多说几句。在下不但体弱善病，而且牙口不好。先是门齿暴出，后是『狗窦大开』。数年间，上下牙阴一颗阳一颗凋落了，致使颊辅凹陷，面貌更丑。这些我都忍了，唯独食物嚼之不碎，造成胃疾，只能喝粥，久而久之，厌弃荤腥，缺乏营养，愈见瘦损，危乎殆哉，令人忍无可忍，不敢不去看牙科。镶牙之后，不忘牙医伟大，乃撰一联，阐明牙科之重要性。撰成自赏，忽然失笑，发觉自己也太不正经了。读者鉴谅，就当作替牙科登广告吧。

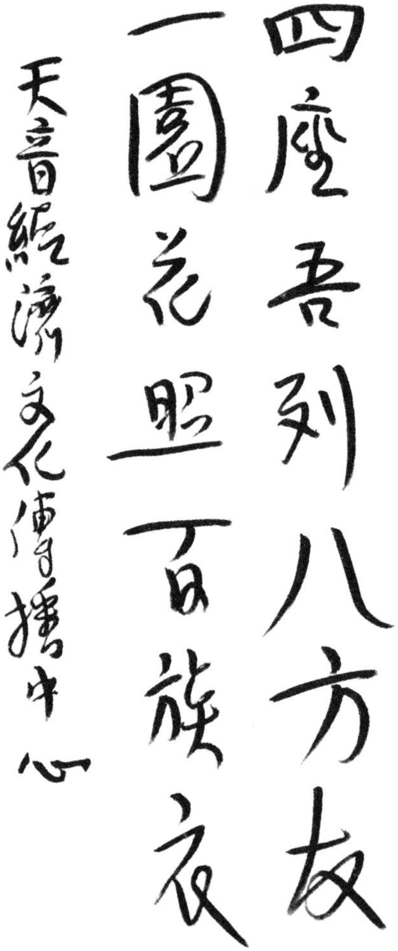

四座吾列八方友
一园花照百族衣
天音经济文化传播中心

名场一钵狗争食
世道九曲蚁串珠

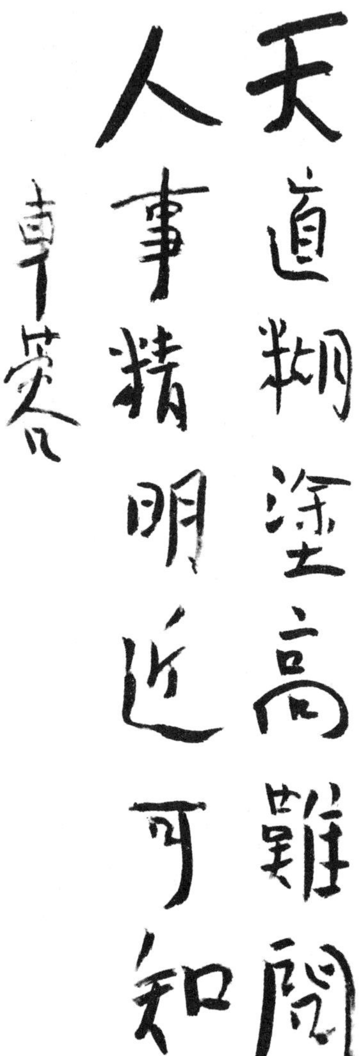

天道糊涂高难问
人事精明近可知
车蓉

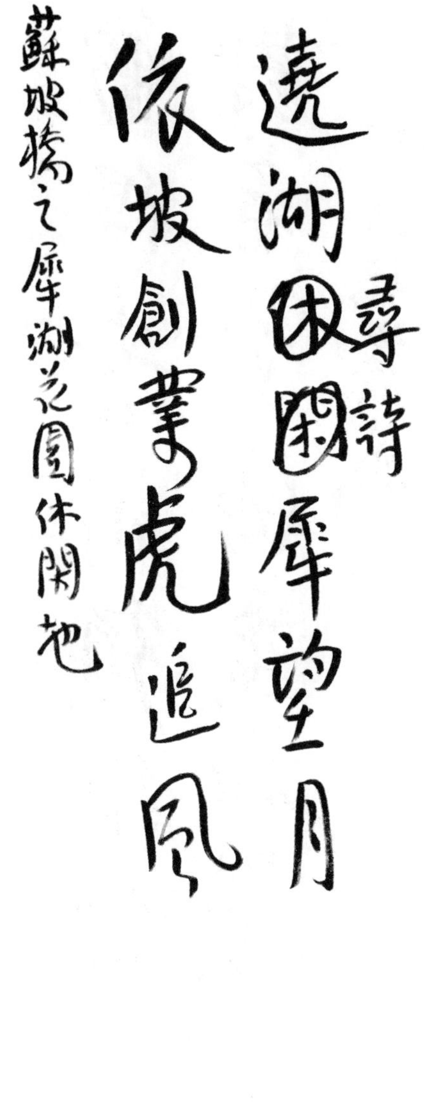

绕湖寻诗犀望月
依坡创业虎追风
苏坡桥之犀湖花园休闲地

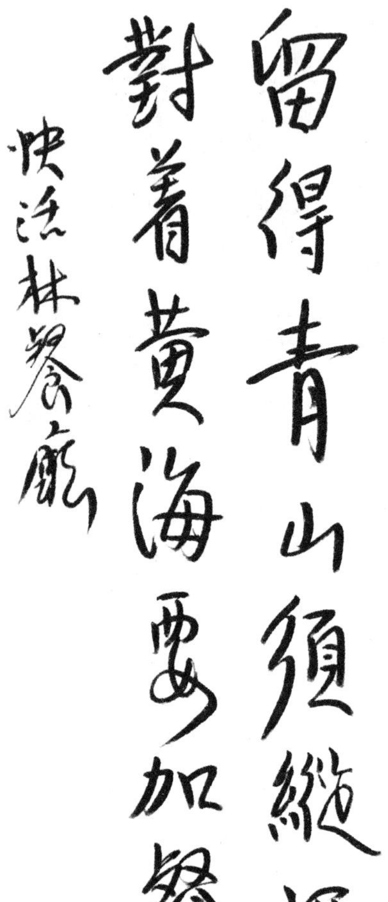

留得青山须纵酒
对着黄海要加餐
快活林餐厅

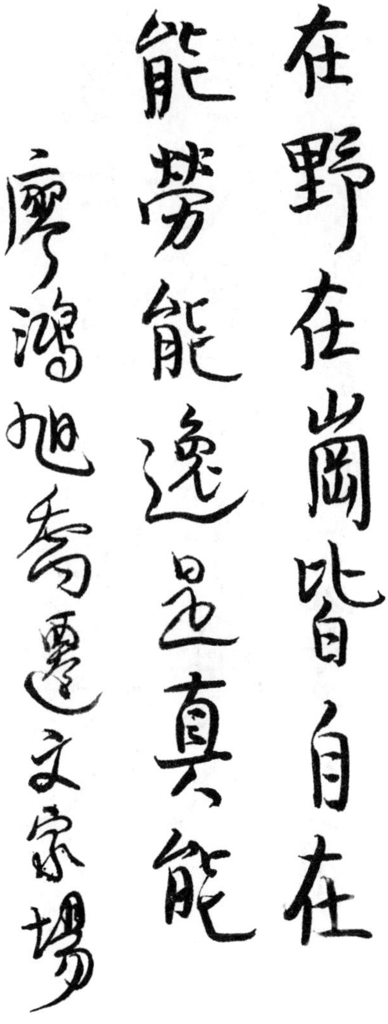

在野在岗皆自在
能劳能逸是真能
廖鸿旭乔迁文家场

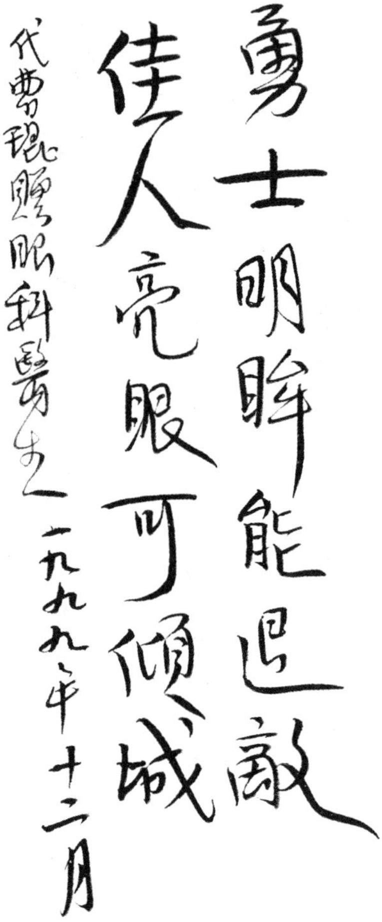

勇士明眸能退敌
佳人亮眼可倾城

代曹琨赠眼科医生　一九九九年十二月

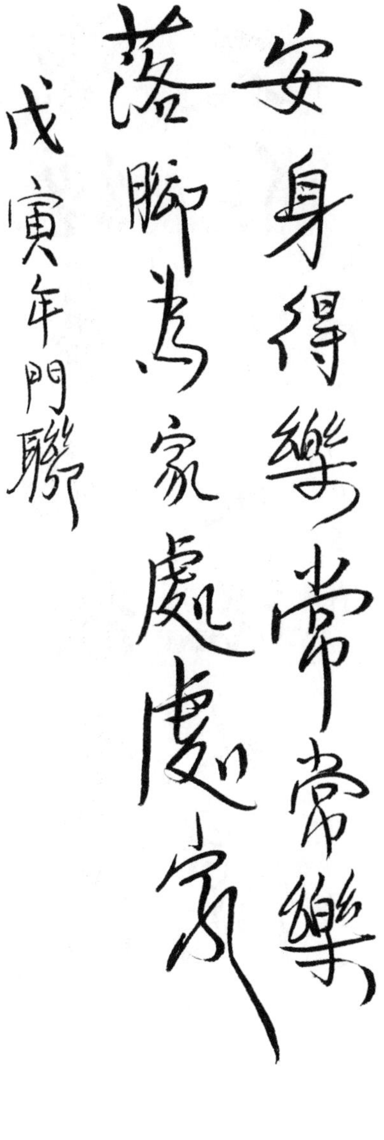

安身得乐常常乐
落脚为家处处家
戊寅年门联

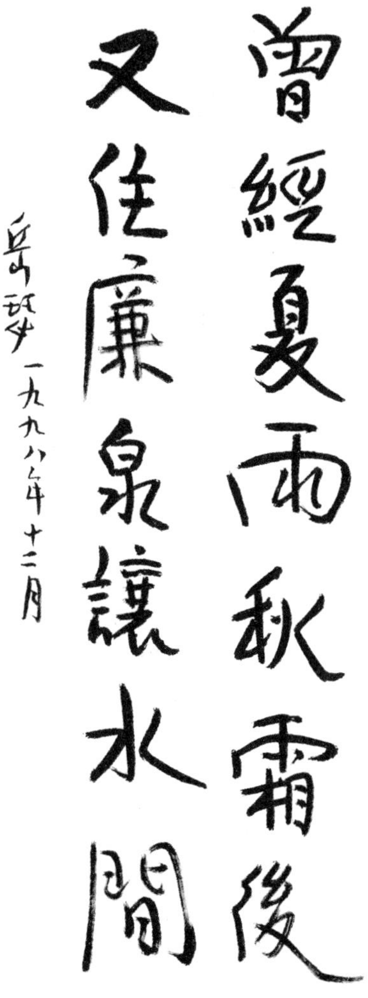

曾经夏雨秋霜后
又住廉泉让水间
岳瑟　一九九八年十二月

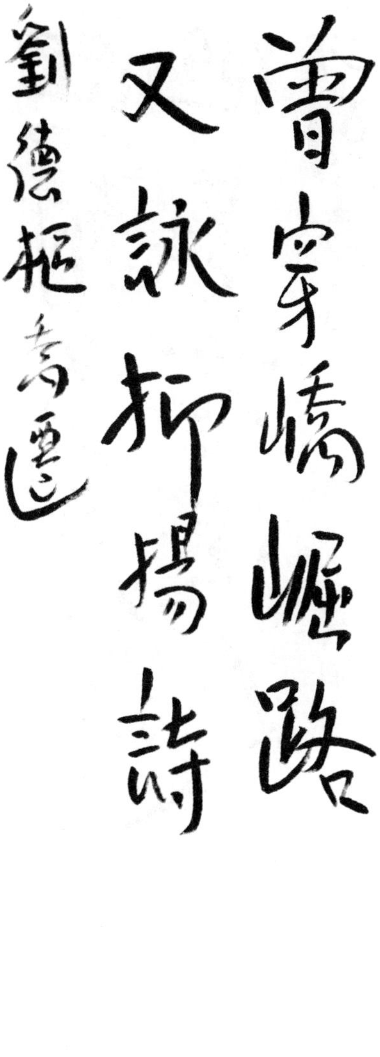

曾穿峤崛路
又咏抑扬诗
刘德枢乔迁

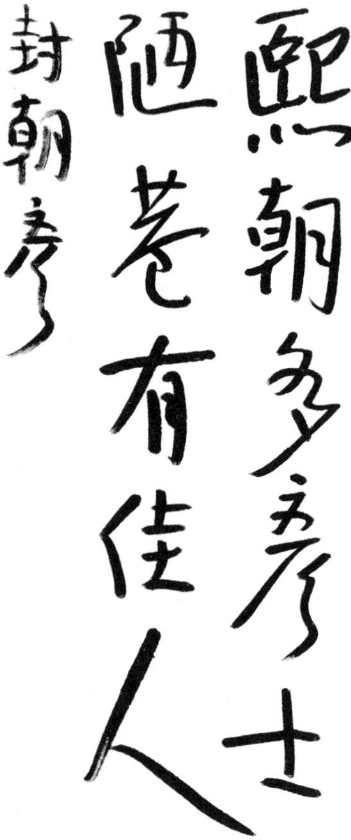

熙朝多彦士
陋巷有佳人
封朝彦

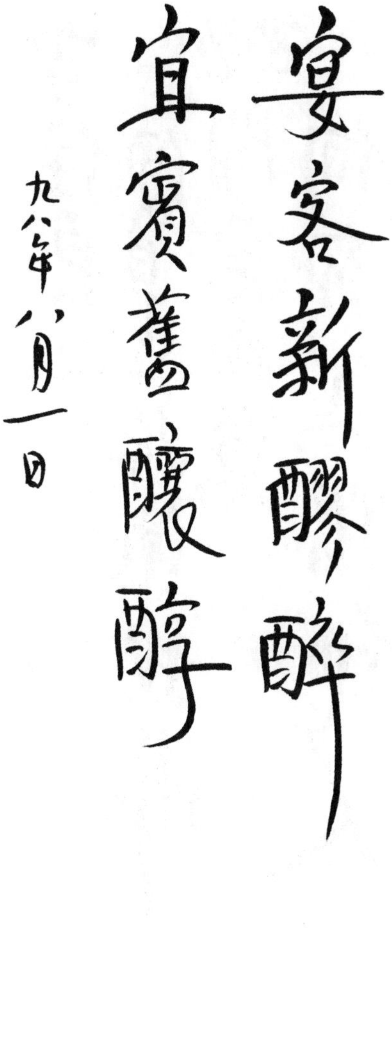

宴客新醪醉
宜宾旧酿醇
九八年八月一日

守住良心便是歸依我佛
拋開惡意何須怨恨他人

守住良心便是归依我佛
抛开恶意何须怨恨他人

山民月黑偷古墓
野鬼天寒鬧新房
九八年七月

硕鼠化装游猫市
臭鼬演戏拜鸡窝

碩鼠化裝遊貓市
臭鼬演戲拜雞窩

1998年10月20日

老鼠吃得太肥壮了，不再怕猫。所谓量变促成质变，硕鼠升位，骎骎乎凌驾于猫之上矣。何况宠物市场上有一类高价猫，徒悦贵人耳目，根本不咬耗子，有啥怕的。硕鼠逛猫市，事先化化装，都算虚心谨慎的了。有那些胆大的，一边逛一边挥爪爪答礼，还敢发表演讲，给猫阐明捕鼠之重要性，真是太滑稽了。

下联臭鼬就是放屁的黄鼠狼。此物善钻善爬，会咬会拖，能逃能藏，具备神性。香港黄大仙庙，礼供的就是它。有本领把一只体重十倍于它的肥母鸡咬死拖走，这便是神性，所以该享受香火的祭祀，且以『大仙』名之了。黄鼠狼的狡黠凶残毕竟囿于一个『偷』字，再神也是窃贼，名声丑恶。俗话说：『黄鼠狼给鸡拜年——没安好心。』可知香火礼供之外，还得提防着它的假表演。

开智慧存善心　喜欢上殿朝真佛
塞聪明纵恶欲　惭愧烧香做假人

開智慧存善心
喜歡上殿朝真佛
塞聰明縱惡慾
慚愧燒香做假人

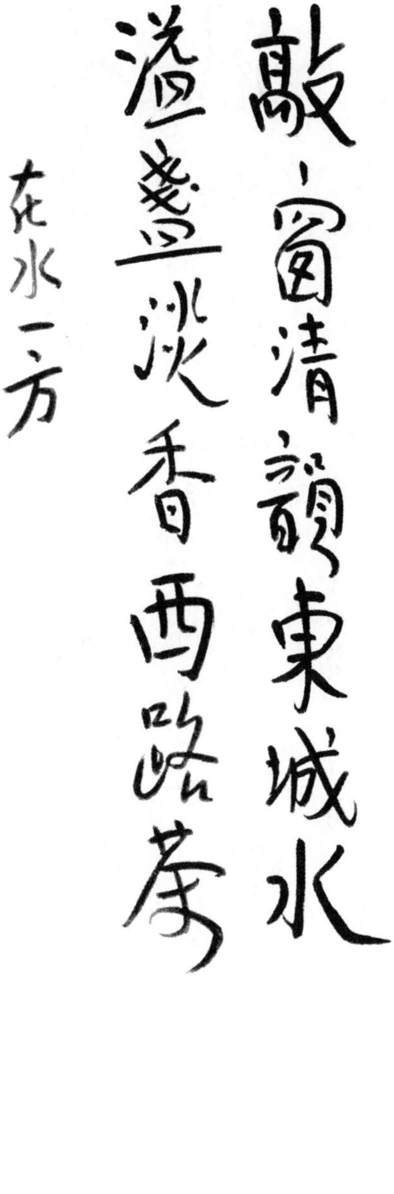

敲窗清韵东城水
溢盏淡香西路茶
在水一方

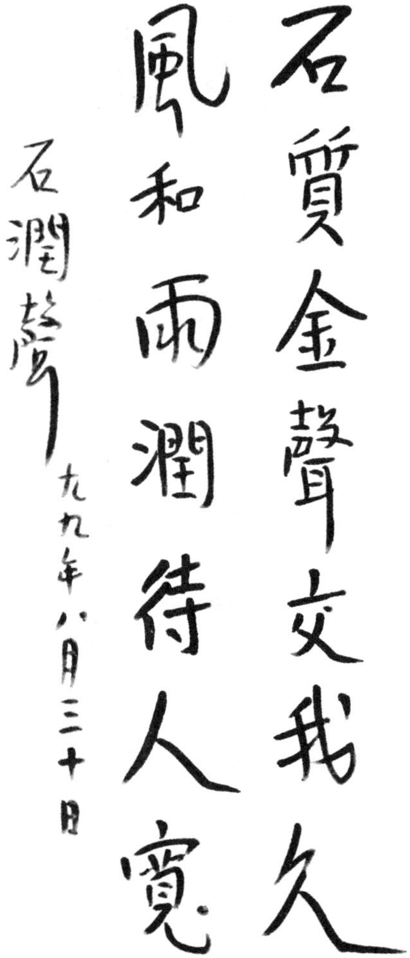

石质金声交我久
风和雨润待人宽
石润声　九九年八月三十日

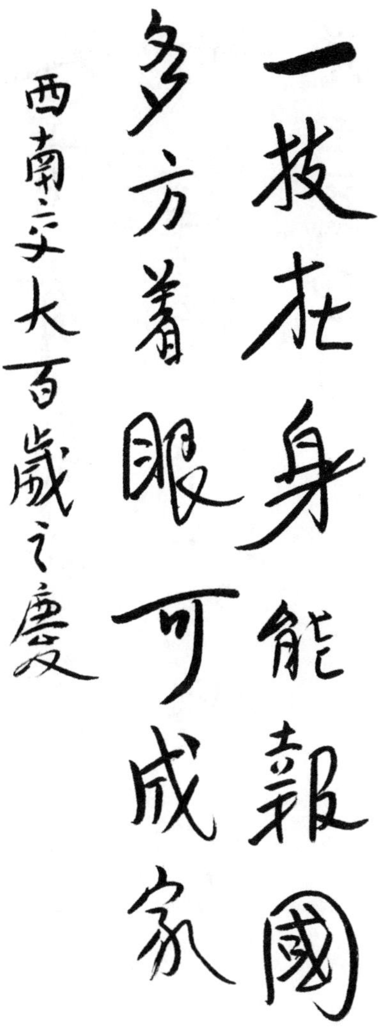

一技在身能报国
多方着眼可成家
西南交大百岁之庆

人情有真皆含美
世態無錦不添花
贈王爾碑

人情有真皆含美
世态无锦不添花
赠王尔碑

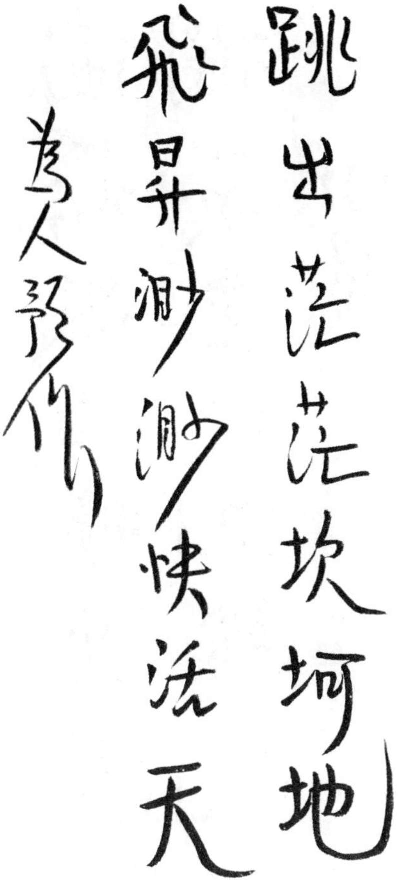

跳出茫茫坎坷地
飞升渺渺快活天
为人预作

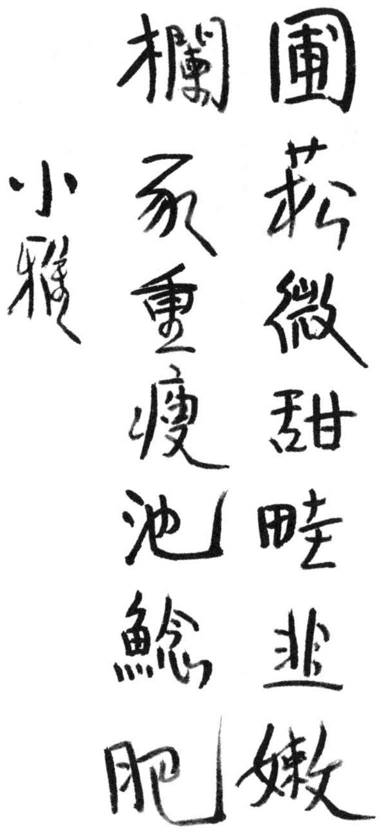

圃菘微甜畦韭嫩
栏豕重瘦池鲶肥
小雅

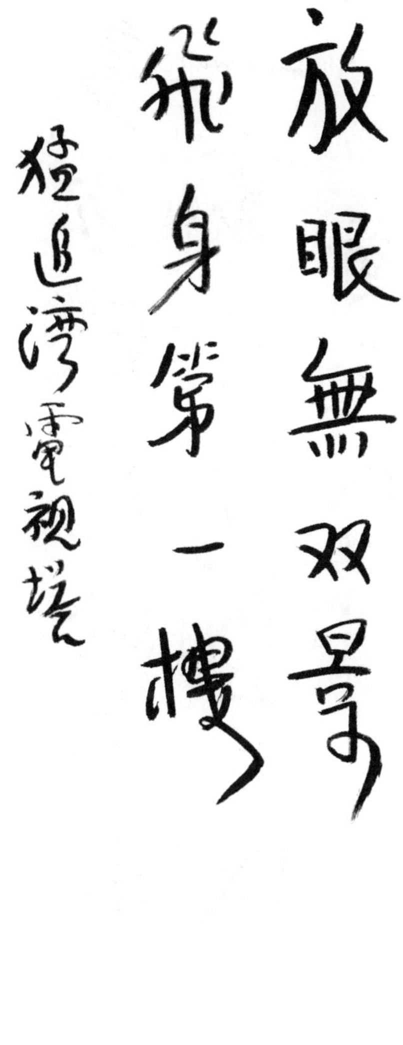

放眼无双景
飞身第一楼
猛追湾电视塔

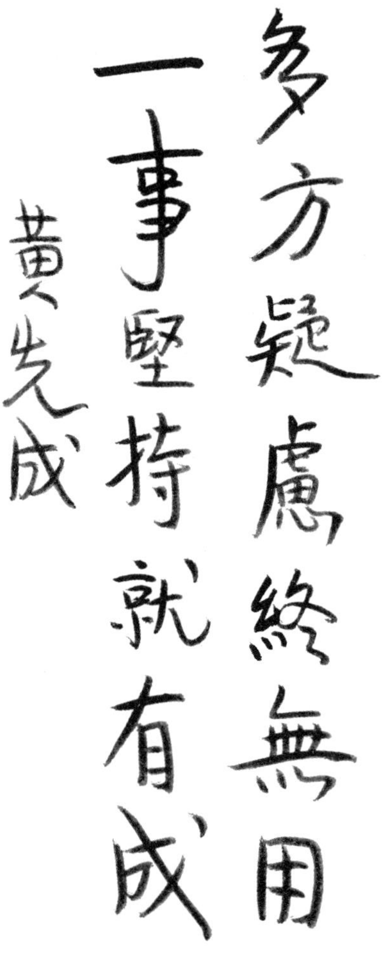

多方疑虑终无用
一事坚持就有成
黄先成

山態還如世態險
瀑聲更比人聲高

山态还如世态险
瀑声更比人声高

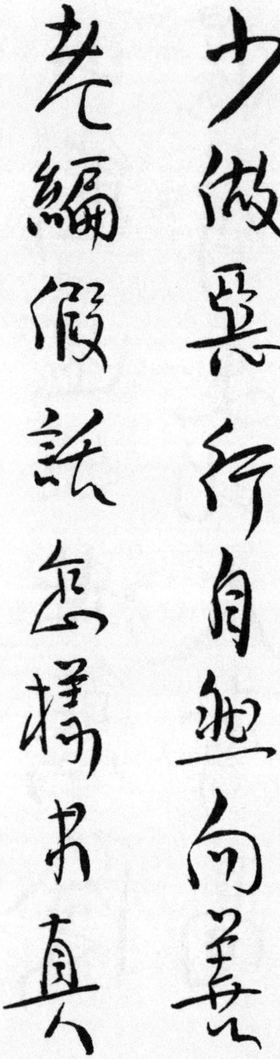

少做恶行自然向善
老编假话怎样求真

1998年9月29日

道德谢幕了，法制出场了。少作一点儿恶，便是行善了。据说曾经有过道德主义时代，不知确否。道德主义推出楷模，往往陈义过高，说得好听，做得邋遢，结果培育出少数老实人，多数巧伪人。在生存竞争中，又让那些老实人碰钉子，兼给那些巧伪人尝甜头，弄得是非颠倒，最终为法制主义敲响了出场锣鼓。喻于义没人听，那就喻于利吧。只要不闯法制红灯，便是好公民了。希贤难，慕义难，树德难，向善难。少作一点儿恶，总不太难吧？

所谓道德主义时代，高调天天唱，丑恶处处有，人无权利，身无自由，大家都说假话，习惯了不觉得。发言不是说话，是假话写在本本上照着念，生怕念错了。诸君围坐一圈，各自心怀鬼胎，说是学习文件，领会精神，内有真理存焉？还好，这类游戏现在很少玩了。

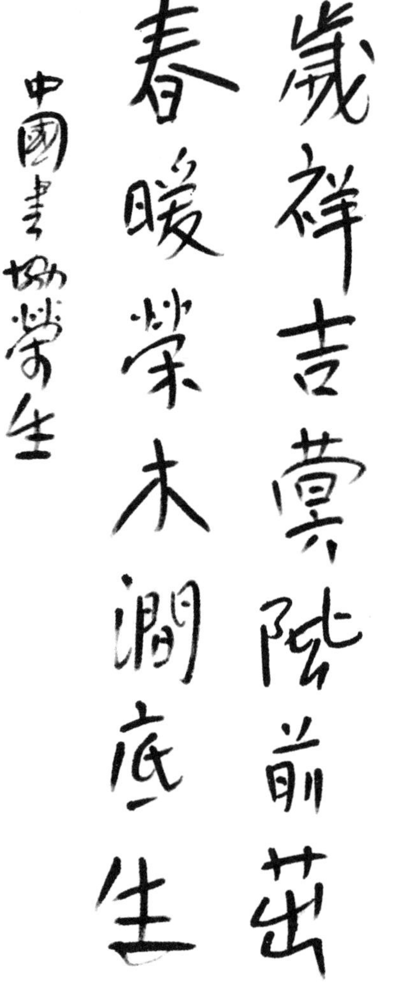

岁祥吉蓂阶前茁
春暖荣木涧底生
中国书协荣生

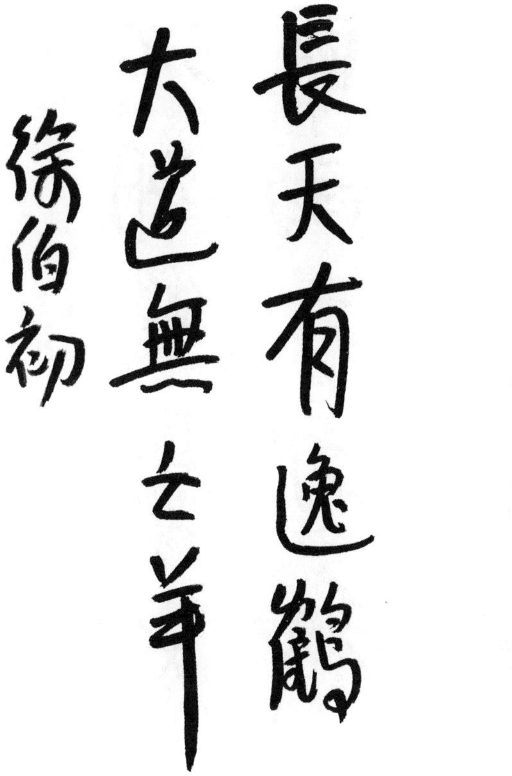

长天有逸鹤
大道无亡羊
徐伯初

江湖雙鬢老
風雨一身秋

江湖双鬓老
风雨一身秋

楚優襦帽原假借
蜀劇俳諧有真傳
送沈伐

楚优襦帽原假借
蜀剧俳谐有真传
送沈伐

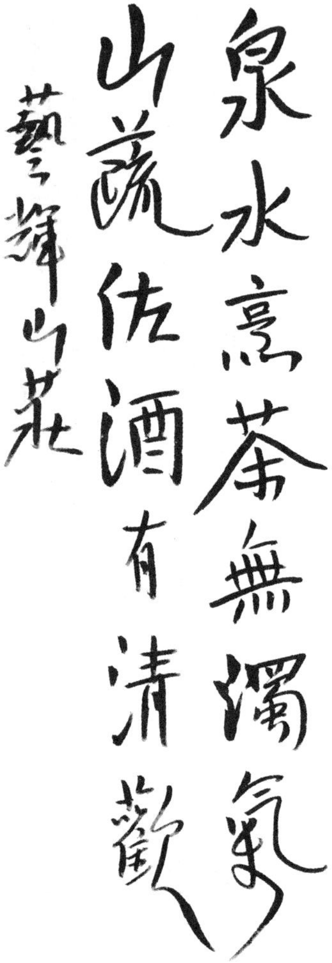

泉水烹茶无浊气
山蔬佐酒有清欢
艺辉山庄

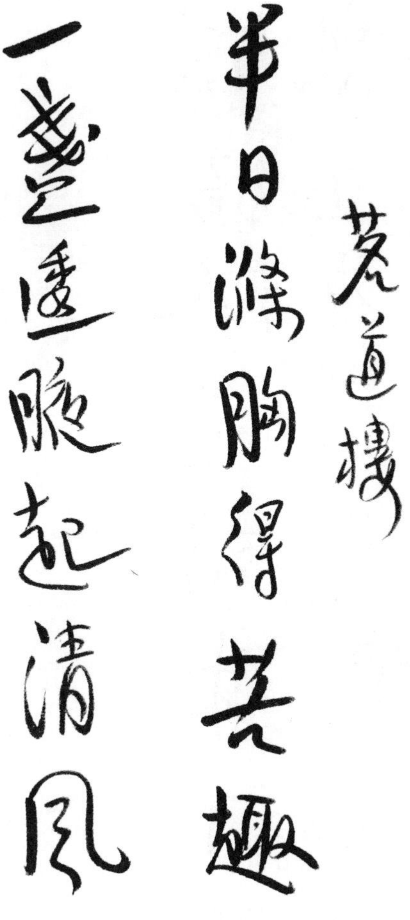

茗道楼

半日涤胸得苦趣
一盏透腋起清风

儒而又商端木下海
愁且添愤屈原投江

儒而又商端木下海
愁且添愤屈原投江

1998年6月30日

端木赐就是孔门的子贡，夫子的高足，有名的儒商。孔夫子夸奖他『亿则屡中』。亿，通臆，胸也。中，『中靶』的『中』。译作『心想事成』，孔夫子就现代化了。春秋战国以来，儒商代代有之。二十世纪初叶，南通的张謇；三十年代以降，海外的陈嘉庚、重庆的卢作孚，都是读书人，改行经商去，皆可称为儒商。但他们自己从来不标榜是什么儒商。他们只是实干，富己同时利人，留下了好名声。吹自己是儒商，正如宣称自己是『著名诗人』一样的可笑。这上联的『下海』，想了好久，找不到对。有个早晨醒来，暗诵《九歌》，想到屈原投江，哈哈，正好做对。其实路子还宽，不对『投江』，还可以对『留洋』，对『登山』，对『升天』。比较起来，投江太古典了，实行起来也难。留洋考托福，登山雇向导，升天抬到殡仪馆，都不太难。

高歌愛國她偷稅
大講發功你騙錢

高歌爱国她偷税
大讲发功你骗钱

文化浅陋，知识贫乏，倒懂得唱爱国歌曲挣钱，挣个钵满缸满，凭色艺公开挣，哪个敢咳怪嗽。劳动所得，堂堂正正，千该万该。挣钱之外，又挣了名，受千万人慕爱。有位安徽男客来告诉我，他曾面对她表白说：『我好想你呀！』可见一斑了。殊不知荣利俱来却唤起她贪鄙之欲，大偷其税，触犯国法。惜哉惜哉，今后再登台，爱国唱破嗓，听来都像是偷税进行曲，色艺自毁了。小女子，你好蠢！

前几年『气功热』，所谓大师做所谓带功报告，卖所谓带功磁带，大骗其钱。这类人红起来，似乎有其背景，你还惹不得他。一个社会，仅有政治警惕，而无科学文化大堤，迷信洪水必然泛滥成灾，终非国家之福。同这类蟊贼比起来，那个女歌星，只算小儿科。

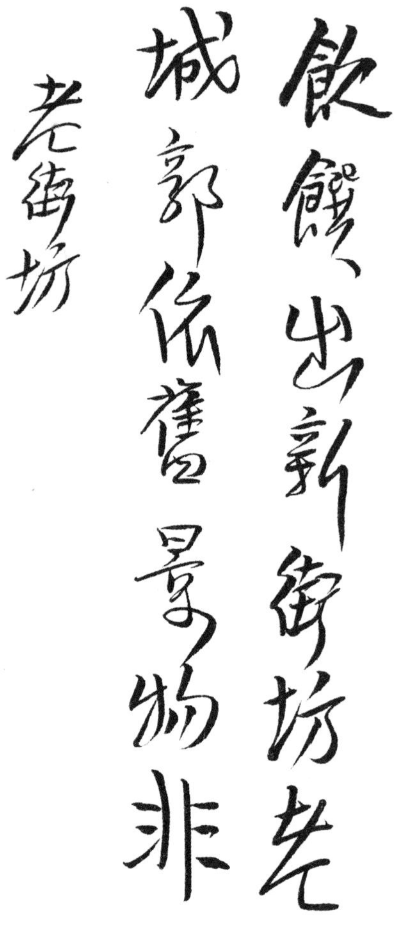

饮馔出新街坊老
城郭依旧景物非
老街坊

破陣須憑胸中策
臨門要靠足下功

破阵须凭胸中策
临门要靠足下功

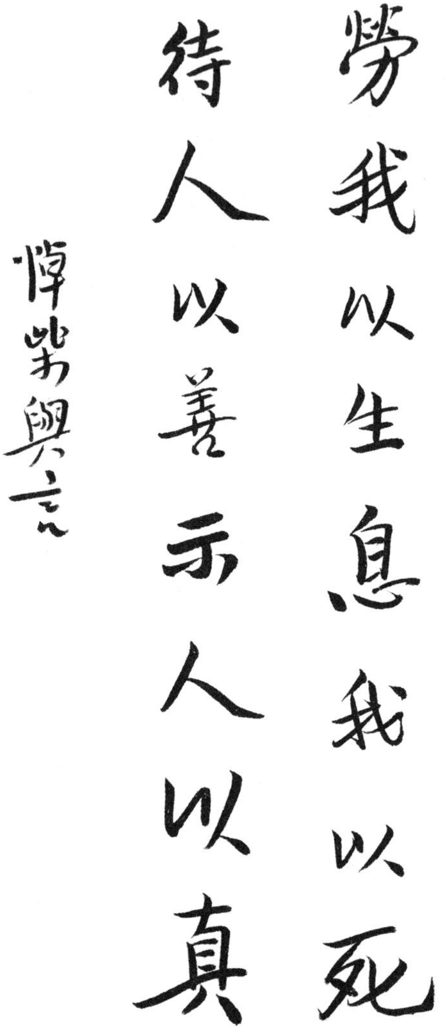

劳我以生息我以死
待人以善示人以真
悼柴与言

伊甸園稱雄蜀犬
直轄市提勁巴豬
双城笑話

伊甸园称雄蜀犬
直辖市提劲巴猪
双城笑话

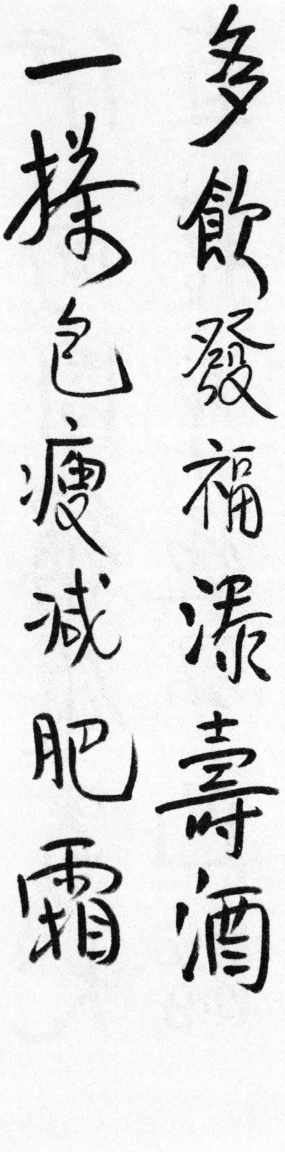

多饮发福添寿酒
一搽包瘦减肥霜

1998年8月11日

商业时代，广告铺天盖地，信不信由你了。最烦人的当推电视广告。匪警片砰砰正好看，广告忽然插入，大扫我兴。电视之有广告，恐或宿命使然，一如鱼之有刺，猪肉之有骨渣，牛排之有筋结，甜瓜之有苦蒂，所谓物无全美者也。面对电视广告，你若忍耐一看，亦能找到三分趣味，足证开屏有益。你看酒类广告，竟无一字说酒精有害的。倒是常饮可以添寿，你不信也得信。总之，酒之为用大矣哉，你不喝酒是痴呆。奈何我不聆教，总想起酒徒中年后发福所谓长酒膘的，丑蠢可笑。你若想步后尘，那就喝吧。

更离谱的还有卖减肥药的广告，令人莞尔。这类广告可以说是智力测验，凡一瞥动心者，非愚则妄。这副对联，上联考男，下联考女，看你信不信，便可测智商。

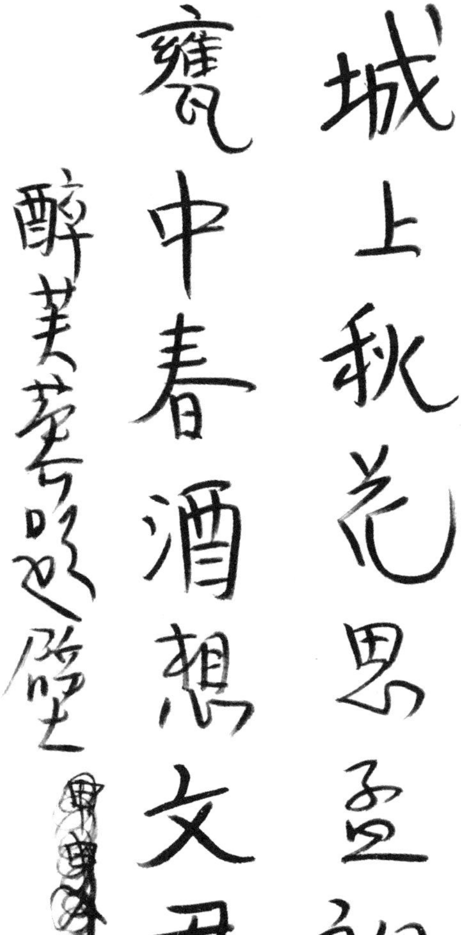

城上秋花思孟昶
瓮中春酒想文君
醉芙蓉题壁

為藝術匠心則一
與蘇湘鼎足而三
蜀繡店

为艺术匠心则一
与苏湘鼎足而三
蜀绣店

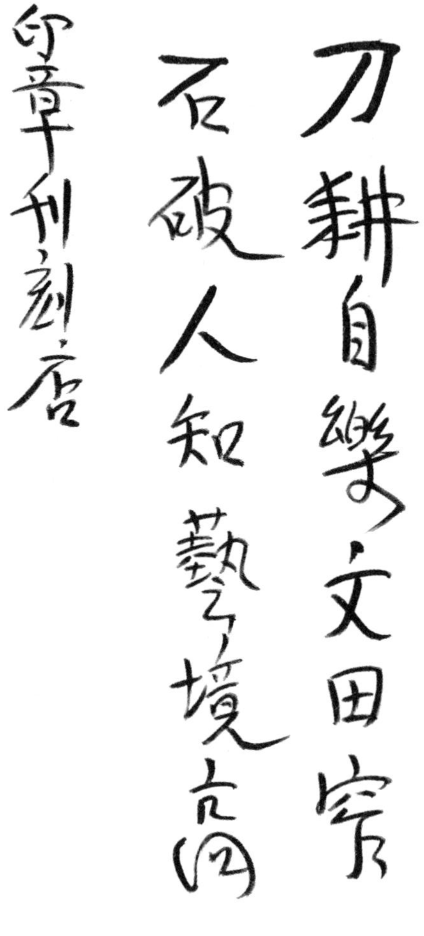

刀耕自乐文田窄
石破人知艺境高
印章刊刻店

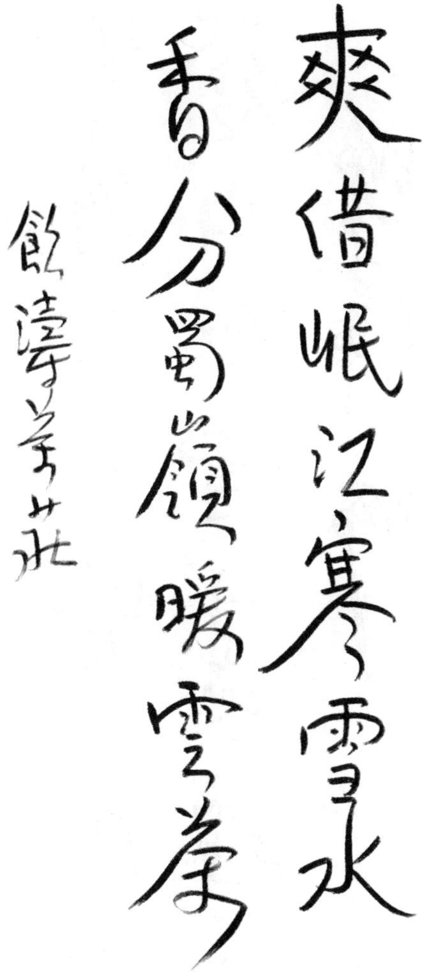

爽借岷江寒雪水
香分蜀岭暖云茶
饮涛茶庄

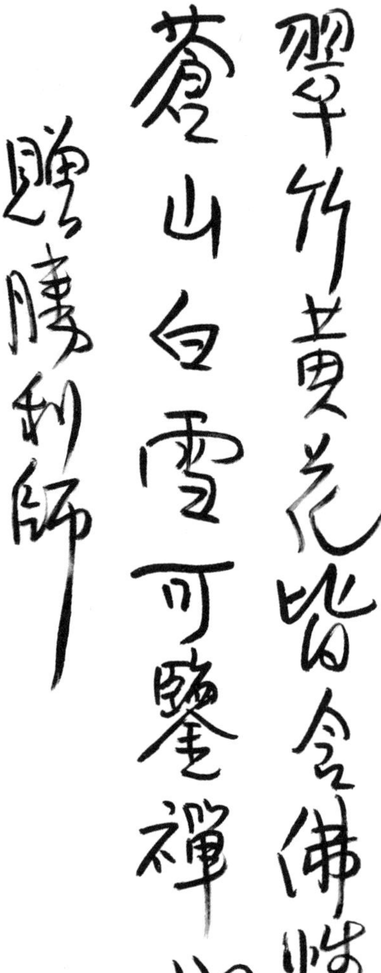

翠竹黄花皆含佛性
苍山白雪可鉴禅心
赠胜利师

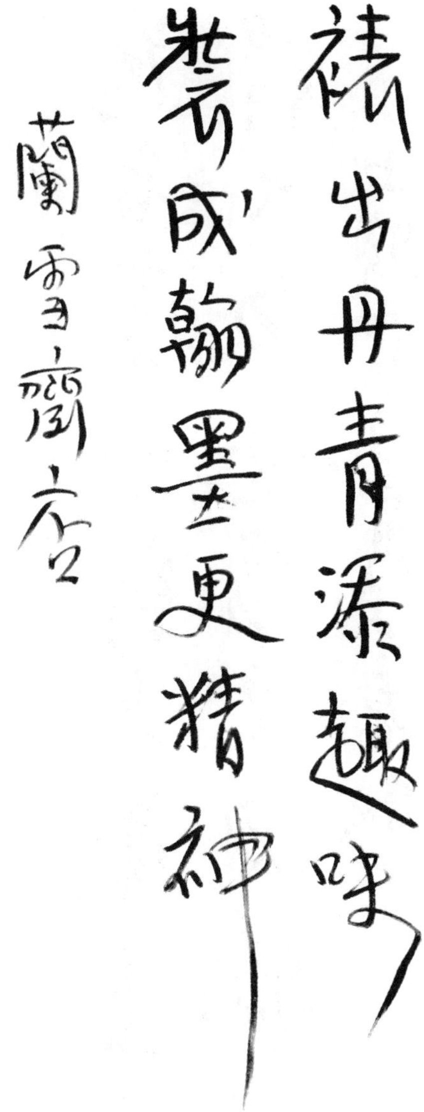

裱出丹青添趣味
装成翰墨更精神
兰雪斋店

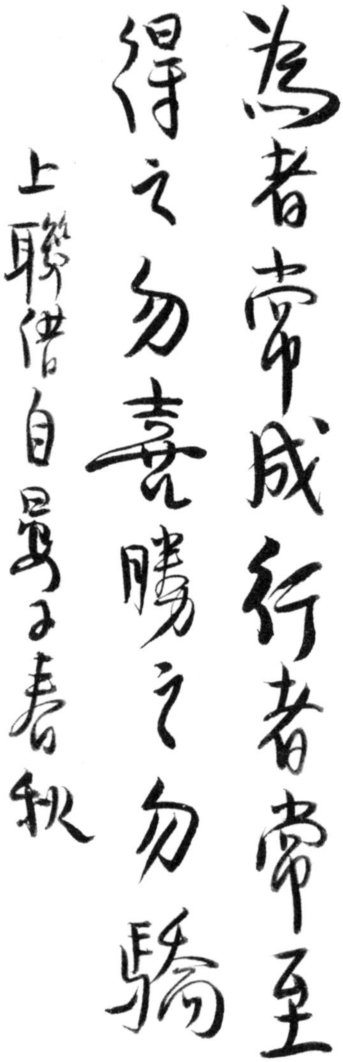

为者常成行者常至
得之勿喜胜之勿骄
上联借自晏子春秋

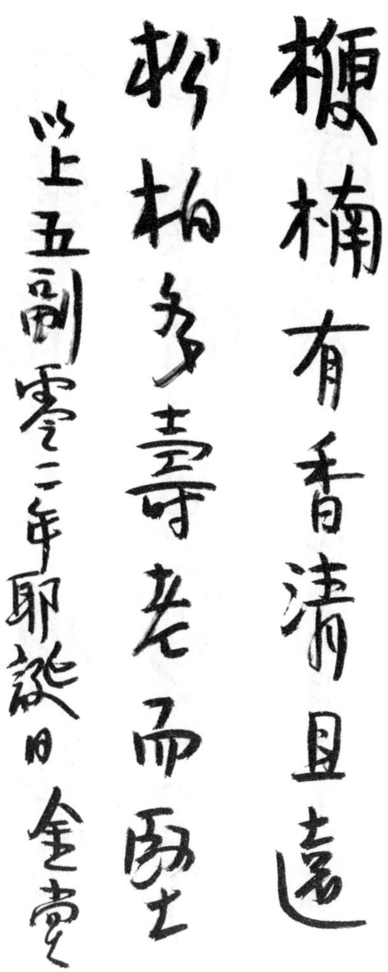

梗楠有香清且远
松柏多寿老而坚
以上五副零二年耶诞日　金堂

时钟嘀嗒须勤做
世路崎岖要缓行
小何（司机） 元年九月二十七日

時鐘嘀嗒須勤做
世路崎嶇要緩行
小何（司機）
元年九月二十七日

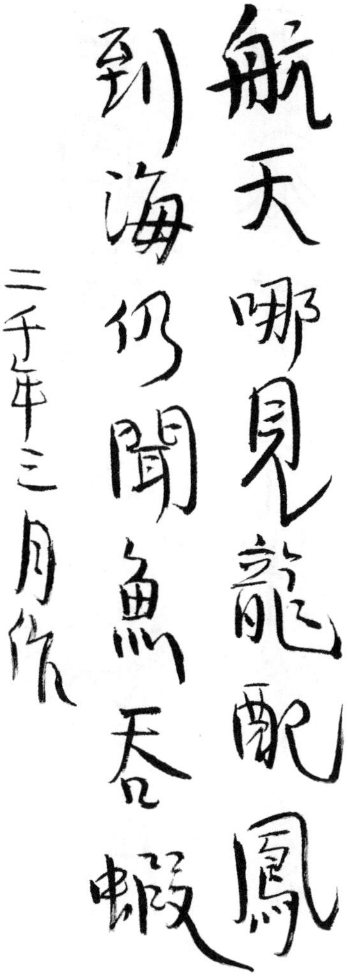

航天哪见龙配凤
到海仍闻鱼吞虾
二千年三月作

三國演義謀畧廣
四家打牌計算多

三国演义谋略广
四家打牌计算多

拙联丛话

1998年11月17日

《三国演义》一部小说，『四家打牌』对不起吧？抹掉书名符号，就对起了。『三国』『四家』成对，自不用说。演义者铺展内容也，可对打出牌张。动词对动词，名词对名词，谁曰不宜？一国无外交，有啥可看的。两国无非战与和，戏简单。国到了三，便热闹了。北谚云：『三个女人一台戏。』何况三个国家，联甲打乙或联乙打甲，远交近攻或远攻近交，挑甲斗乙或挑乙斗甲，不愁无义可演，无戏可看。每日卧看《参考消息》，正是闲读一部《多国演义》，学习各种阴谋阳谋、战略策略。从前讲立场，现在讲谋略。美而化之，就叫谋略文化。大可治国平天下，建不朽之功勋。小可打麻将，赢非常之钱财。北谚又云：『吃不穷，穿不穷，不会算计一世穷。』意思就是富贵皆从谋略来啊！三十六计，七十二变，我民族谋略文化之伟大，全球第一，自不待言。

賭局誰是真赢客
棋盤我當老殘兵

赌局谁是真赢客
棋盘我当老残兵

1998年12月1日

世人拼搏如赌，世事变幻如棋。赌局是人生的收短，棋盘是世界的缩微。以小喻大，道理容易明白。中国人长于此，所以发明盆景。还有收缩得更小的，蛮触两国之间爆发战争，战场在蜗牛的一只角内，事见《庄子》书中。白居易吟叹道：『蜗牛角内争何事，石火光中寄此身。』这是仁者达观之言，赌徒听不进去，拼搏不已，直到输光，还要借债下注。他不知道赌局仅有一个赢家，就是那聚赌抽头钱的人，其余的到头来都是输家。

下联说棋。想起胡适《四十自述》有云：『做了过河卒子，只有拼命向前。』象棋规定兵卒只进不退。向前一路攻去，攻到敌方底线了，成了老残兵卒，拼命是死，不拼也是等死，一生也就完了。我当自已是老残兵，恐怕都拔高了，因为我没胆量同谁拼命。阿弥陀佛，不挨整已是幸运了。

踏雪走冰天鹅老
迎风冲浪海鸥轻

踏雪走冰天鵝老
迎風衝浪海鷗輕

1999年3月9日

初观芭蕾舞《天鹅湖》，思之竟若梦中，将近五十年前事了。当时有「左」爷说：「大腿满台跑，工农兵受不了。」十年后又批判苏联修正主义，骂芭蕾舞大师乌兰诺娃「特权阶层」，说她「仆婢近百」云云。今则苏联亡了，乌娘乘鹤已杳，而天鹅亦老矣。「江风吹倒前朝树」，「往事总成空，还如一梦中」。前日偶然听见柴可夫斯基《天鹅湖》乐句二三，遂想出上联来。

下联记去年昆明所见。滇池秋水，海鸥成阵，环翔迷眼，俯翀掠头，抢吃我们抛向空中的面包屑，咿咿哑哑，啼声盈耳，是人鸟之同一乐也。下联「风浪」二字，读者切勿信为实有（其实那天风平浪静），那是拿来填在句中做对仗用的。人鸟乐完，告别滇池，忽想起人下海变了鸥，争抢金钱之贪馋状，互撞相啄，打得羽毛遍地，恐怕比鸟凶残百倍。

十里繁街四围楼影
两边闹市一夜车声

十里繁街四圍樓影
兩邊鬧市一夜車聲

1999年4月13日

客来书房，总说太吵。楼舍临街，车流如织，固若斯也。十三年前刚搬家时，半夜车噪声逼向我枕边，仿佛铁象咆哮跑来，冲入左耳，咬碎脑中睡意，然后冲出右耳，直奔远方，渐渐消歇。过几分钟，奈何又一头从长街那端，低沉喘吼，缓缓跑来。照样冲，照样咬，循环一遍，苦不堪言。是贱坯子吧，日月一长了，也就习惯了，充耳不闻了。近几年楼舍周围又冒出一些高厦，夺我风、夺我阳光，窥我床，俨然威胁人。上下联写本人居室环境，还未说够。除了噪声，尚有空气、电磁波、夜光、尘坌诸般污染都说漏了。除了本人，全城至少一半居民都是受害者。涸泽的一群鱼，我们是！

这种环境，恕我悲观，还会恶化下去。治理环境污染，不但事涉科学，需要种种措施，而且与民权之张扬，尤有密切关系。意见一再提，没人听。

五——好古敏求

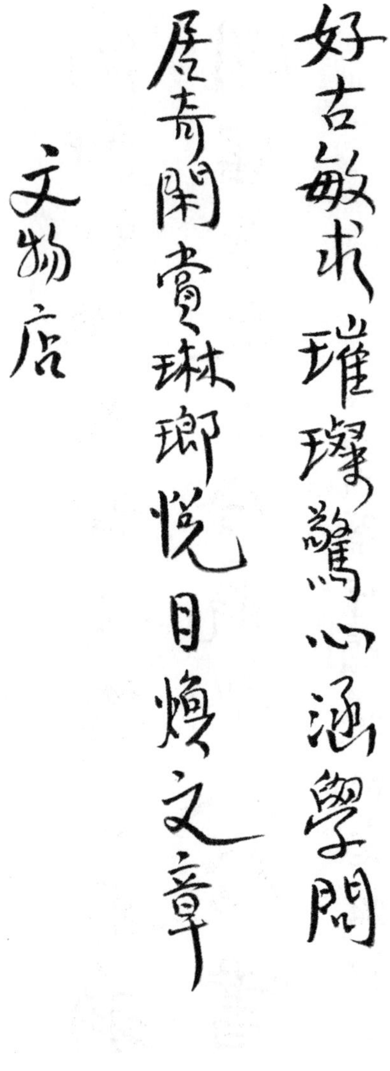

好古敏求璀璨惊心涵学问
居奇闲赏琳琅悦目焕文章
文物店

园谢红桃大哥玄德二哥羽
国留青史三分鼎势八分书
《四川阆中张飞纪念馆》

園謝紅桃大哥玄德二哥羽
國留青史三分鼎勢八分書
《四川閬中張飛紀念館》

前去滿地江湖魚龍長夜
後來經天日月風雅大光
《四川三臺梓州杜甫草堂》

前去满地江湖鱼龙长夜
后来经天日月风雅大光
《四川三台梓州杜甫草堂》

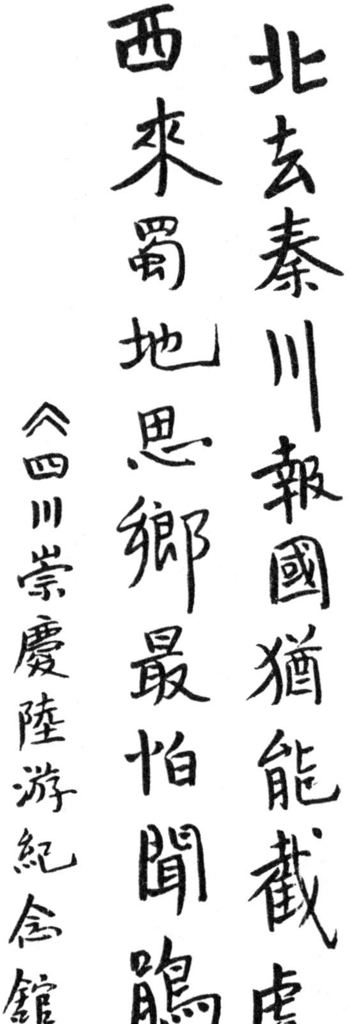

北去秦川报国犹能截虎
西来蜀地思乡最怕闻鹃
《四川崇庆陆游纪念馆》

千枝鐵脚飛花夢海
兩條玉腕流水歸江
《四川雙流棠湖公園》

千枝铁脚飞花梦海
两条玉腕流水归江
《四川双流棠湖公园》

智慧归真心存物外
文明向善佛在人间
《四川都江堰市普照寺》

智慧歸真心存物外
文明向善佛在人間
《四川都江堰市普照寺》

鳥返深山啼自在
人留古寺悟前因
《四川都江堰市普照寺》

鸟返深山啼自在
人留古寺悟前因
《四川都江堰市普照寺》

事邈三千年遇桃花李菓
遊客徜徉新氣象
齡高八百歲留丹竈石牀
飛仙佛彷外星人
《四川金堂三學寺》

事邈三千年遇桃花李果　游客徜徉新气象
龄高八百岁留丹灶石床　飞仙仿佛外星人
《四川金堂三学寺》

好生養活吳氏母
差點殺死岳家兵
《調笑張飛》
作者自註曰：『人說無事生非，所以張飛的媽姓吳。又說張飛殺岳飛，殺得滿天飛。』

好生养活吴氏母
差点杀死岳家兵
《调笑张飞》
作者自注曰：『人说无事生非，所以张飞的妈姓吴。又说张飞杀岳飞，杀得满天飞。』

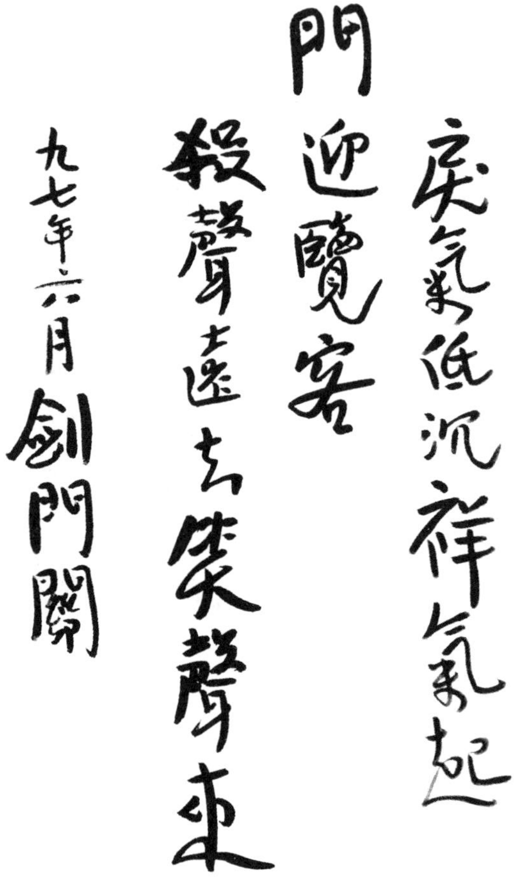

剑铸耕铧　戾气低沉祥气起
门迎览客　杀声远去笑声来
九七年六月剑门关

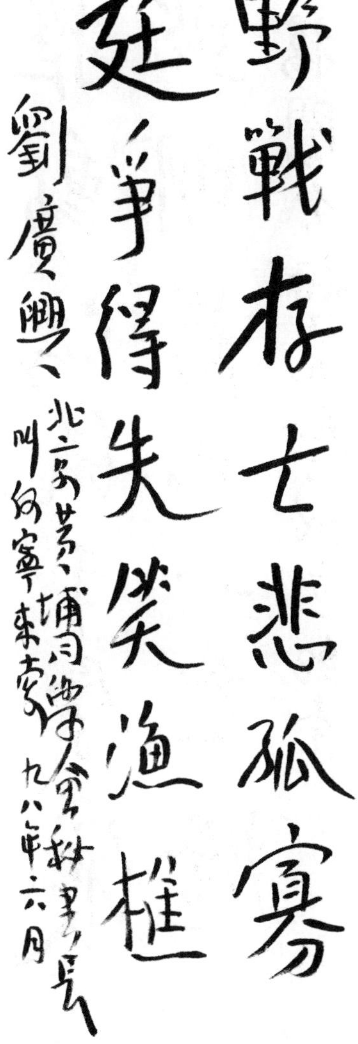

野战存亡悲孤寡
廷争得失笑渔樵

刘广兴　北京黄埔同学会秘书长叫何宁来索　九八年六月

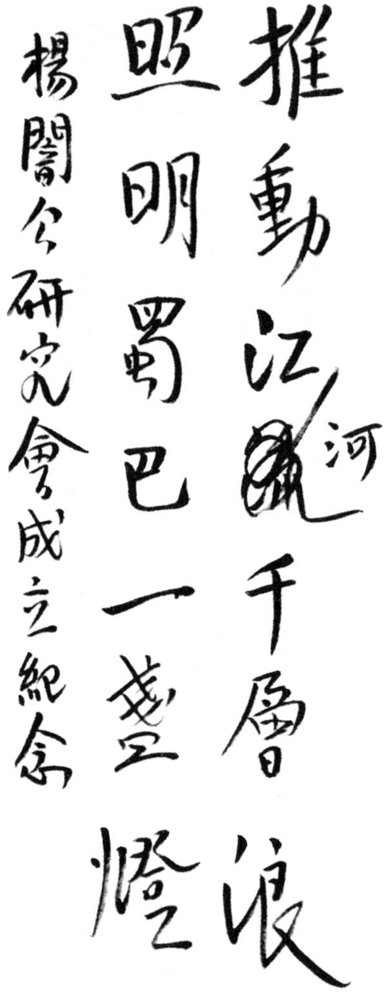

推动江河千层浪
照明蜀巴一盏灯
杨闇公研究会成立纪念

急撞驚心喚起英豪振臂
頻敲醒腦招來邪慝回頭
廣州純陽觀鐘樓

急撞惊心唤起英豪振臂
频敲醒脑招来邪慝回头
广州纯阳观钟楼

鼉吼樓中乍湧三江好水
雷鳴杖下忽生五嶺祥雲
廣州純陽觀鼓樓

鼍吼楼中乍涌三江好水
雷鸣杖下忽生五岭祥云
广州纯阳观鼓楼

天垂象見吉凶亦須近察民意
道啟人知興廢何止遙觀衆星
廣州純陽觀觀象臺

天垂象见吉凶亦须近察民意
道启人知兴废何止遥观众星
广州纯阳观观象台

文峻忤官应试公车辞北阙
叶宽作纸著书良史隐南村

浙江台州市南山生态公园　此为元末明初陶宗仪故居

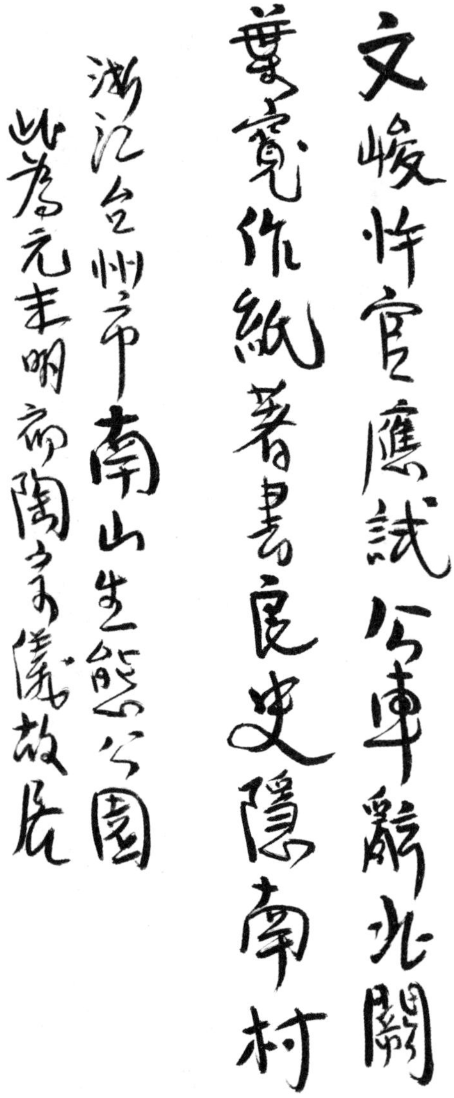

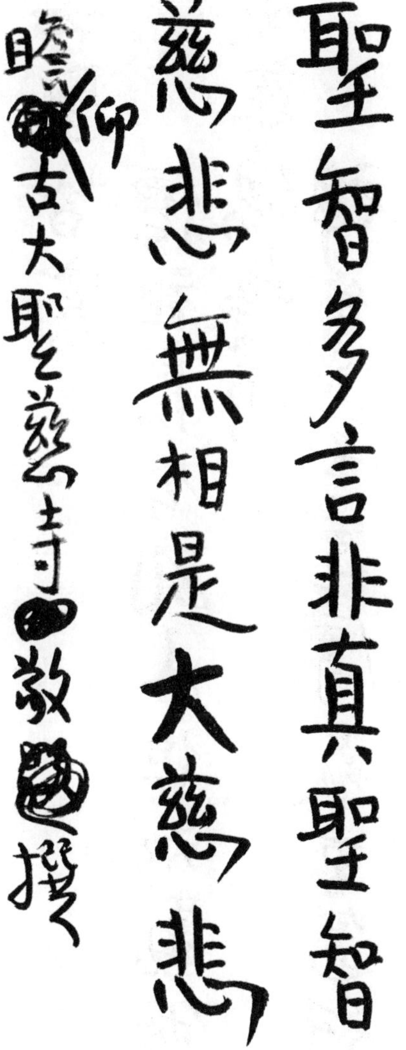

圣智多言非真圣智
慈悲无相是大慈悲
瞻仰古大圣慈寺敬撰

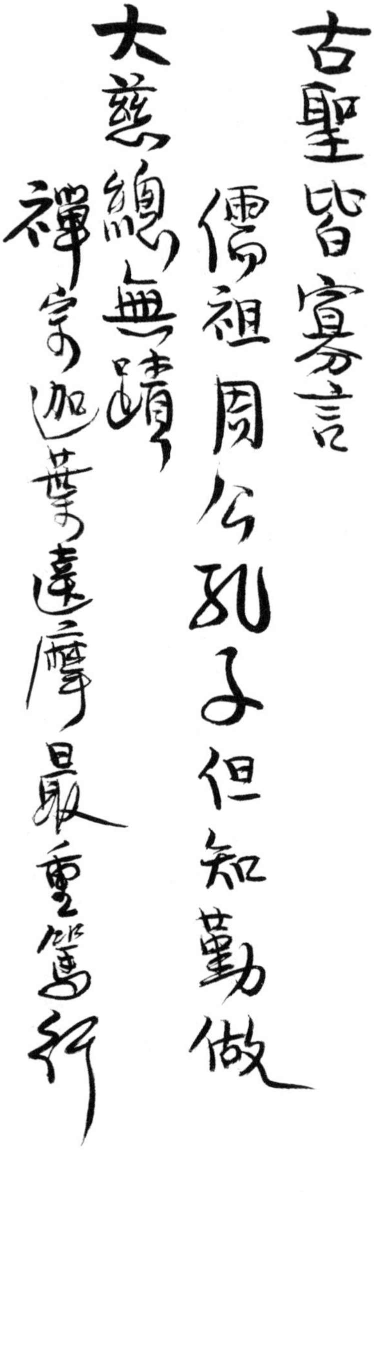

古圣皆寡言　儒祖周公孔子但知勤做
大慈总无迹　禅宗迦叶达摩最重笃行

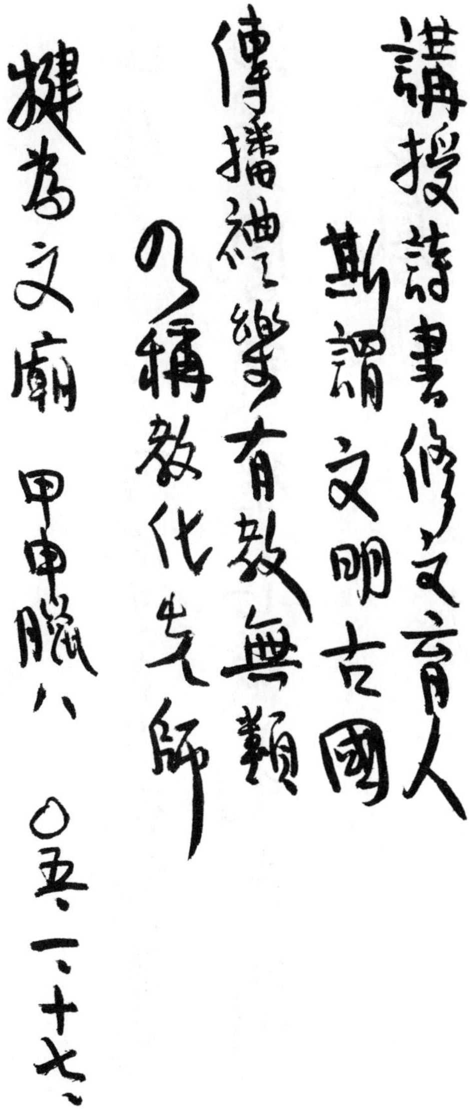

讲授诗书修文育人　斯谓文明古国

传播礼乐有教无类　乃称教化先师

犍为文庙　甲申腊八　〇五·一·十七·

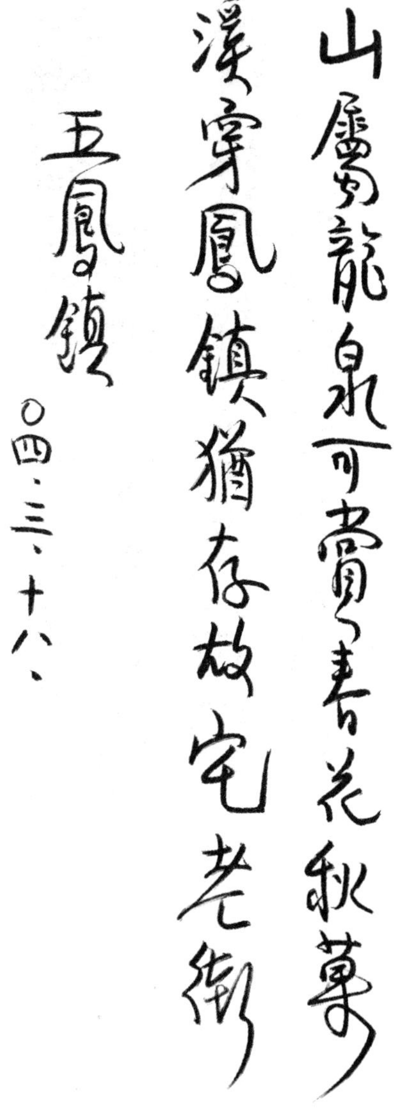

山属龙泉可赏春花秋果
溪穿凤镇犹存故宅老街
五凤镇　〇四·三·十八·

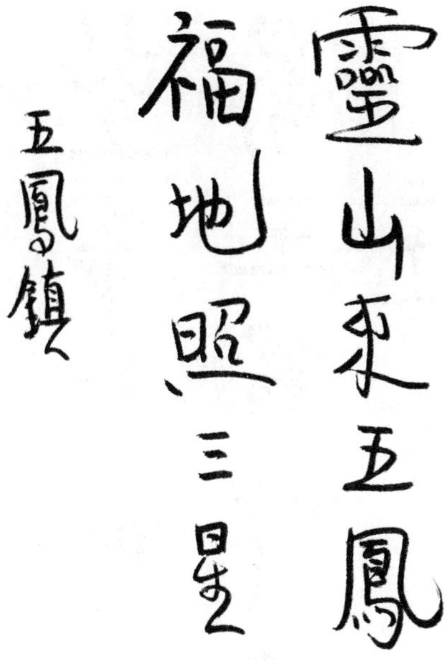

灵山来五凤
福地照三星
五凤镇

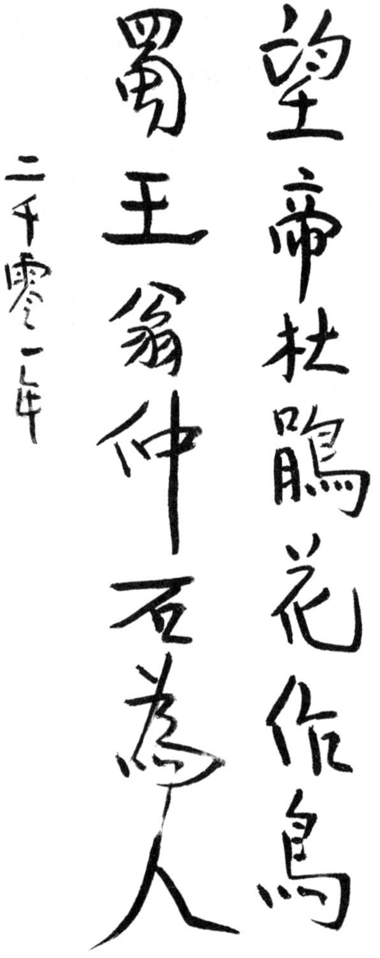

望帝杜鹃花作鸟
蜀王翁仲石为人
二千零一年

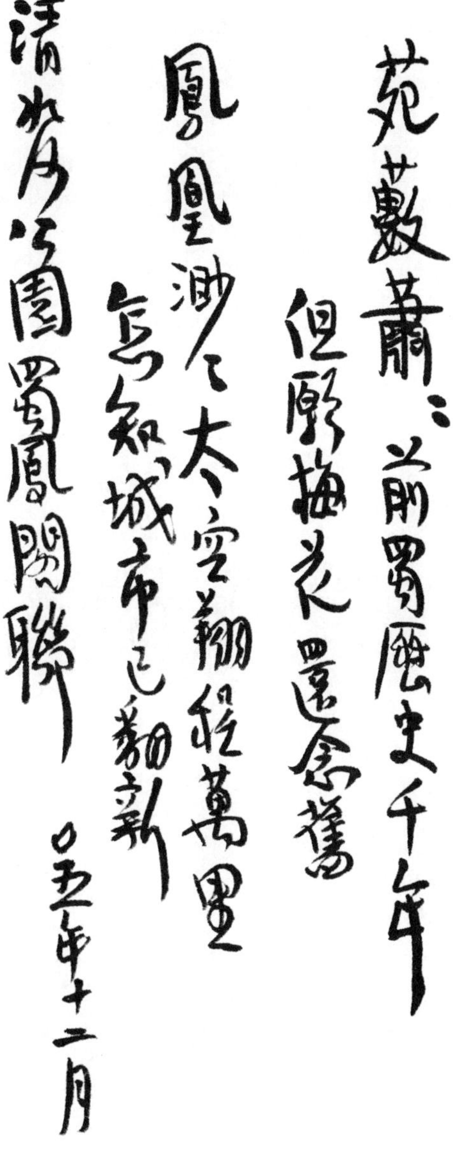

苑薮萧萧前蜀历史千年　但愿梅花还念旧
凤凰渺渺太空翔程万里　怎知城市已翻新
清水河公园蜀凤阁联　〇五年十二月

附录——杂撰改作及其他

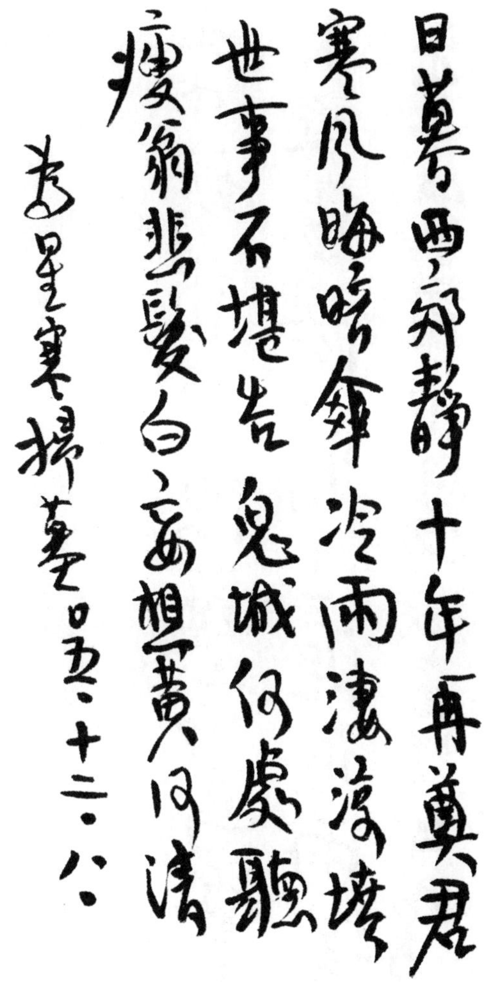

日暮西郊静　十年再奠君
寒风晦暗伞　冷雨凄凉坟
世事不堪告　鬼城何处听
瘦翁悲发白　妄想黄河清
为星寒扫墓　〇五・十二・八・

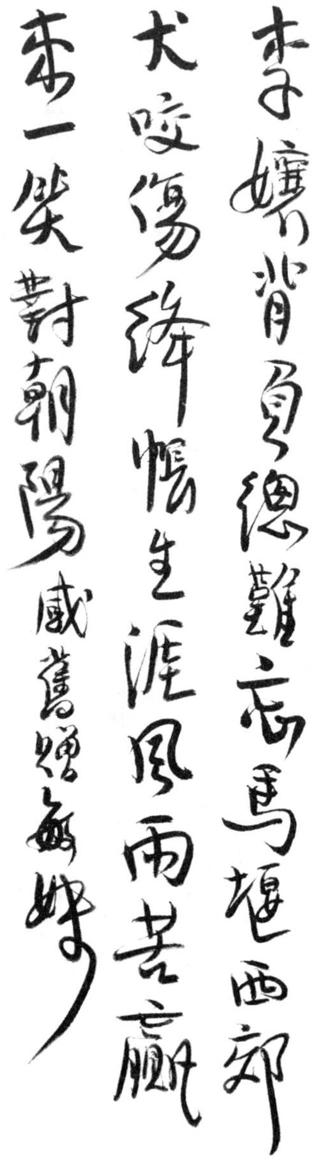

李娘背负总难忘　马堰西郊犬咬伤
绛帐生涯风雨苦　赢来一笑对朝阳

感旧赠敏妹

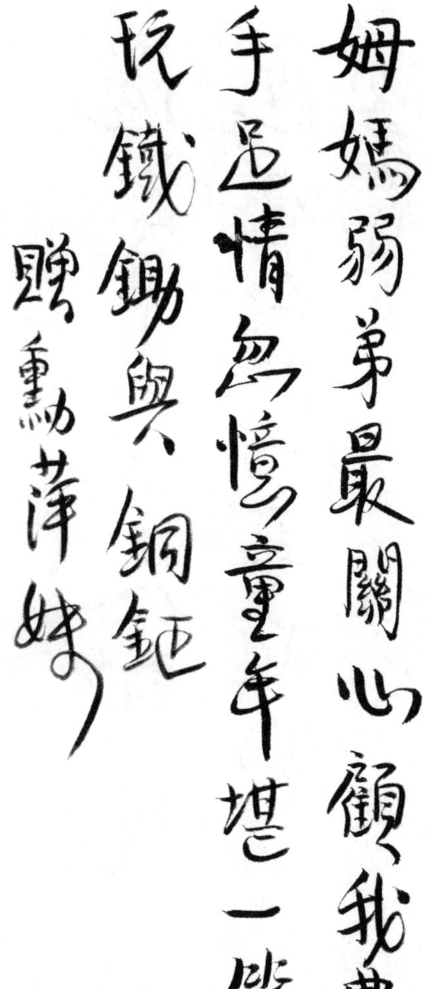

姆妈弱弟最关心　顾我农场手足情
忽忆童年堪一笑　教玩铁锄与铜钲

赠勋萍妹

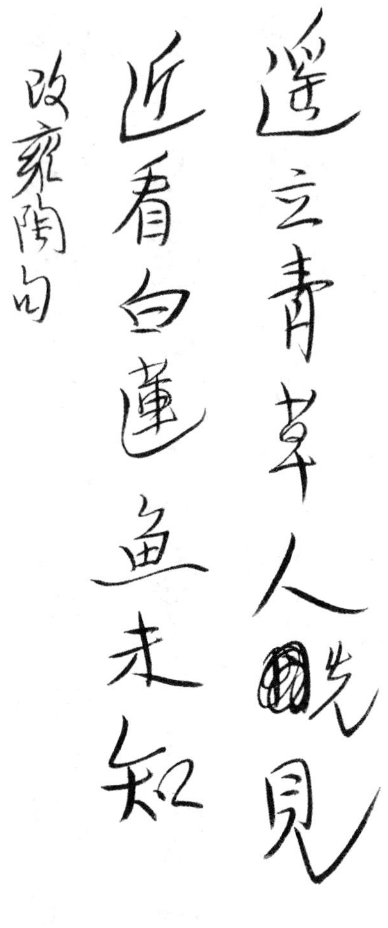

遥立青草人先见
近看白莲鱼未知
改雍陶句

水涵天影阔
山拔地形高
（蜀僧可朋）

水涵天影阔
山拔地形高
（蜀僧可朋）（五代时诗人可朋。——编者注）

江上清风非有迹
松间明月本无尘
改赵孟頫

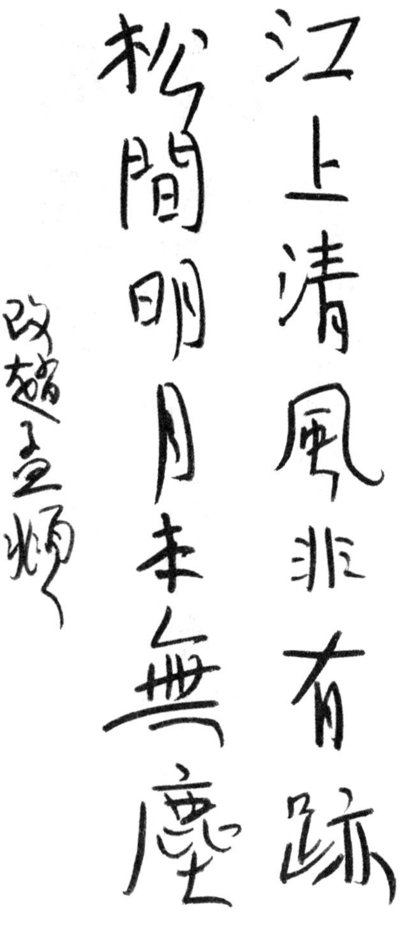

潮聲偏懼初來客
海味惟甘久住人
唐詩中句

潮声偏惧初来客
海味惟甘久住人
唐诗中句

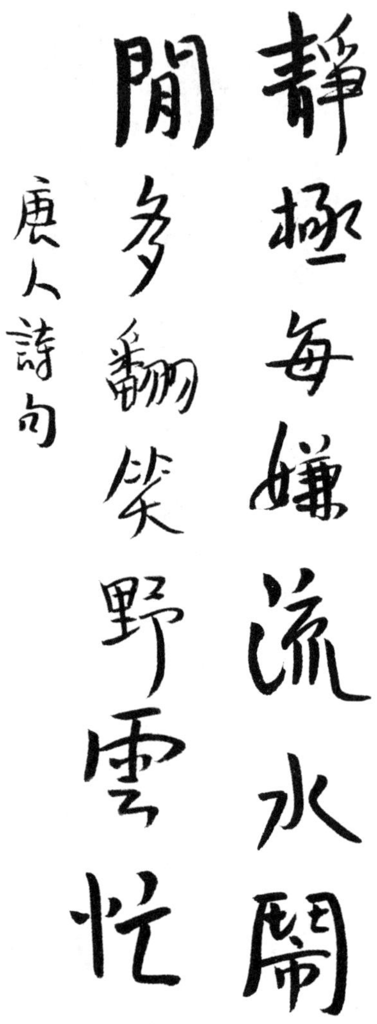

静极每嫌流水闹
闲多翻笑野云忙
唐人诗句（原诗为『静极却嫌流水闹』。——编者注）

排兵魚海雲迎陣
秣馬龍堆月照營
唐詩中句

排兵鱼海云迎阵
秣马龙堆月照营
唐诗中句（原诗为『洗兵鱼海云迎阵』。——编者注）

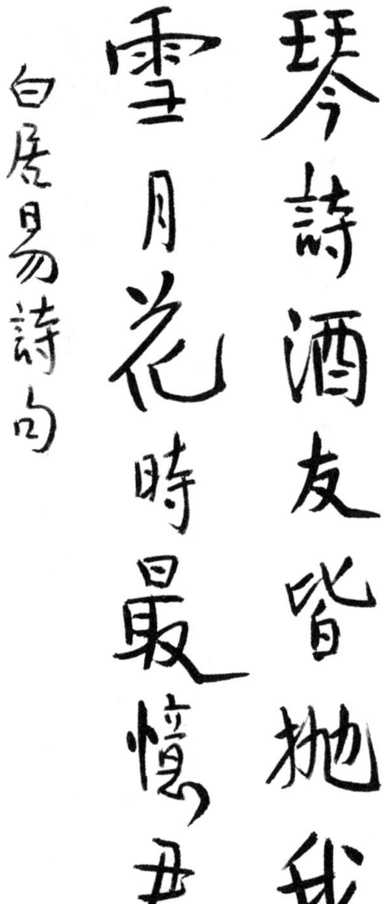

琴诗酒友皆抛我
雪月花时最忆君
白居易诗句（原诗为『琴诗酒伴皆抛我』。——编者注）

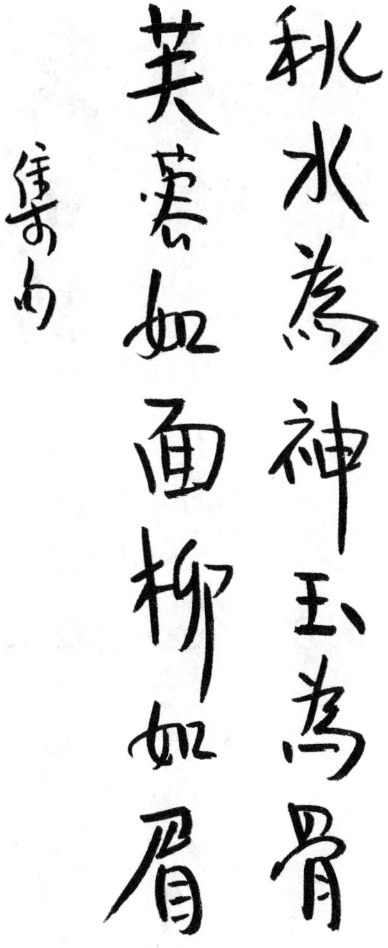

秋水为神玉为骨
芙蓉如面柳如眉
集句

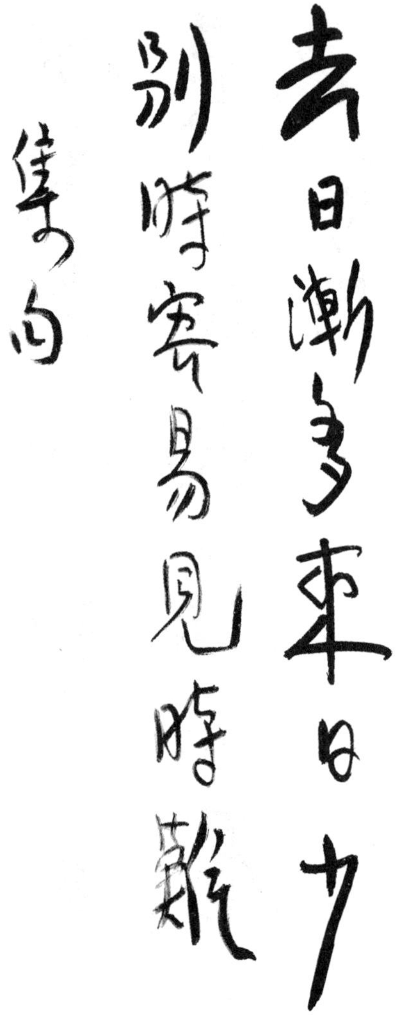

去日渐多来日少
别时容易见时难
集句

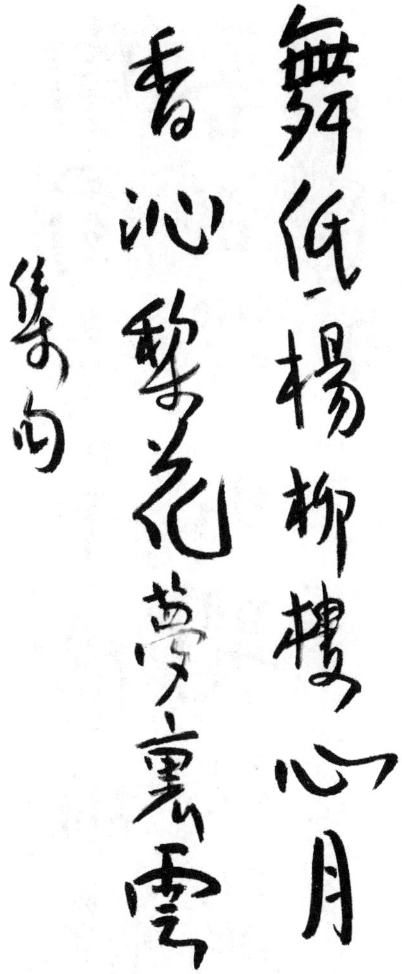

舞低杨柳楼心月
香沁梨花梦里云
集句

南园绿草飞胡蝶
落日深山哭杜鹃
集句

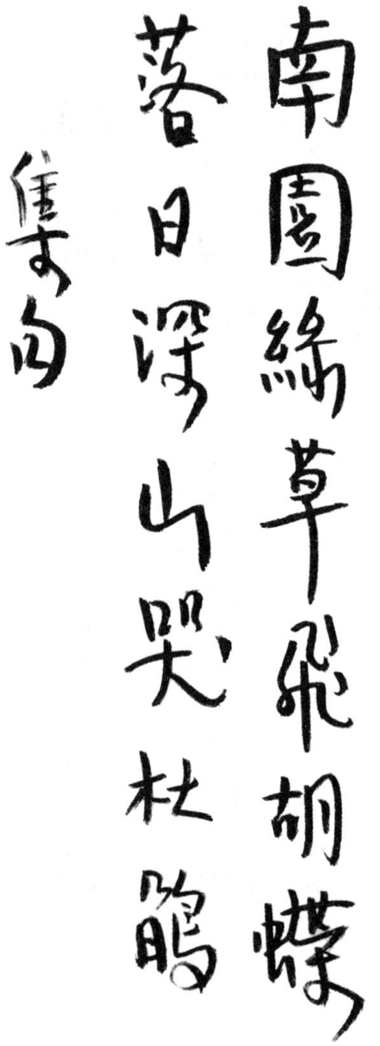

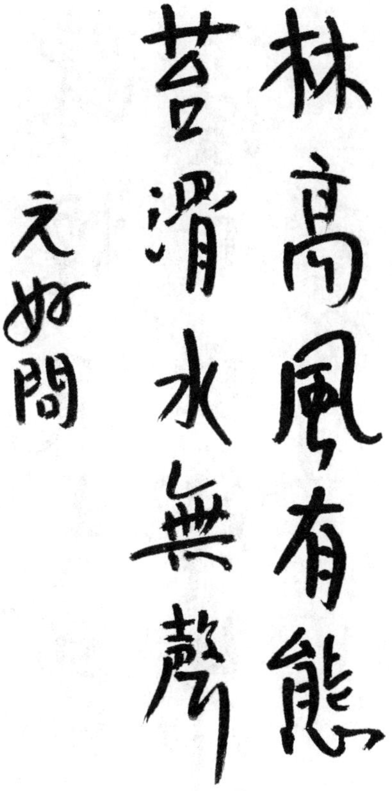

林高风有态
苔滑水无声
元好问

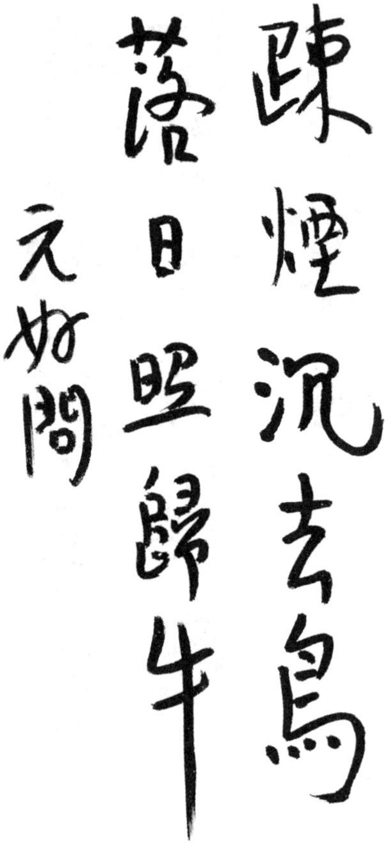

疏烟沉去鸟
落日照归牛

元好问（原诗为『落日送归牛』。——编者注）

雪满山中高士卧
月明林下美人来
（明）高啟诗句

雪满山中高士卧
月明林下美人来
（明）高启诗句

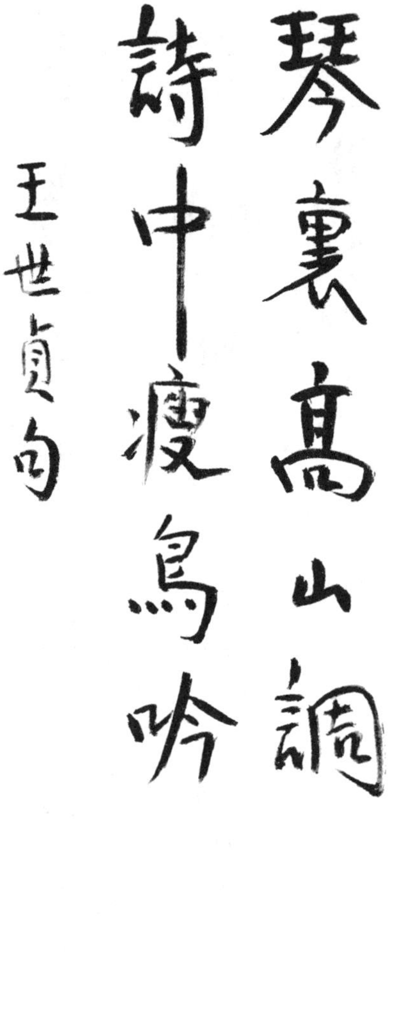

琴里高山调

诗中瘦鸟吟

王世贞句（原诗为『琴里高山韵，诗中瘦岛吟』，作者是袁宏道。——编者注）

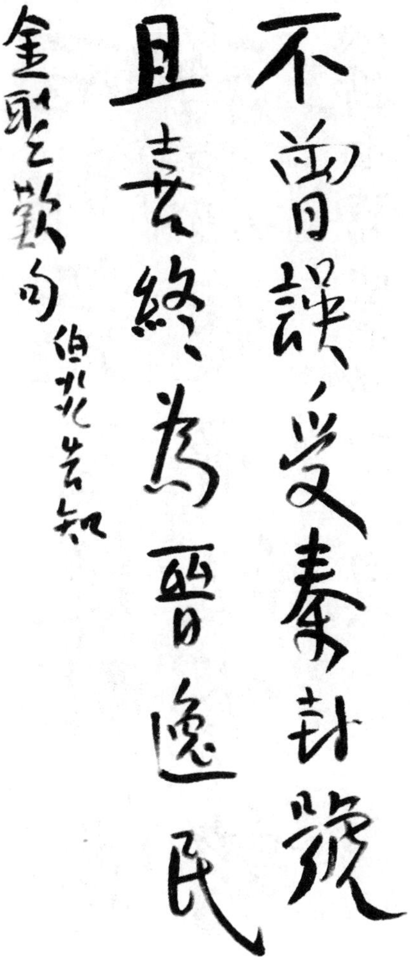

不曾误受秦封号
且喜终为晋逸民
金圣叹句　伯炎告知

石卧荒苔疑醉酒
梅撑瘦骨似吟诗
《柳南随笔》一一八页（原诗为『石卧荒苔疑病酒』。——编者注）

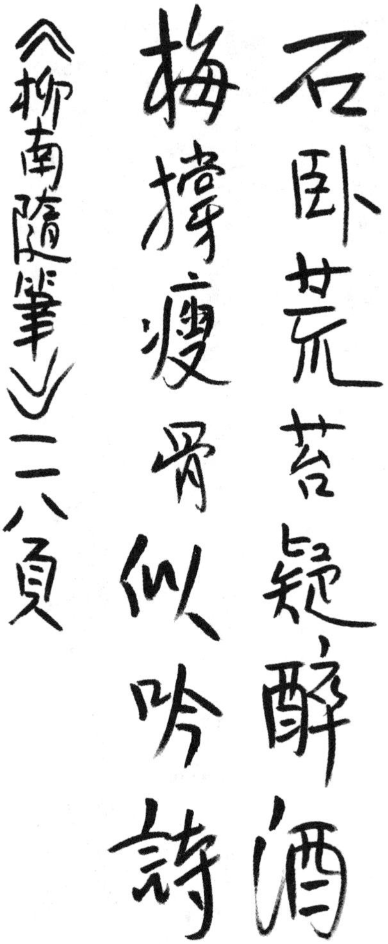

人抱此心同一潔
天留片月照双清
（清）吴氏《詠雪》诗句

人抱此心同一洁
天留片月照双清
（清）吴氏《咏雪》诗句

石橋映水日低樹
山寺開門雲蔽僧
（清）吴氏《春陰》

石桥映水日低树
山寺开门云蔽僧
（清）吴氏《春阴》

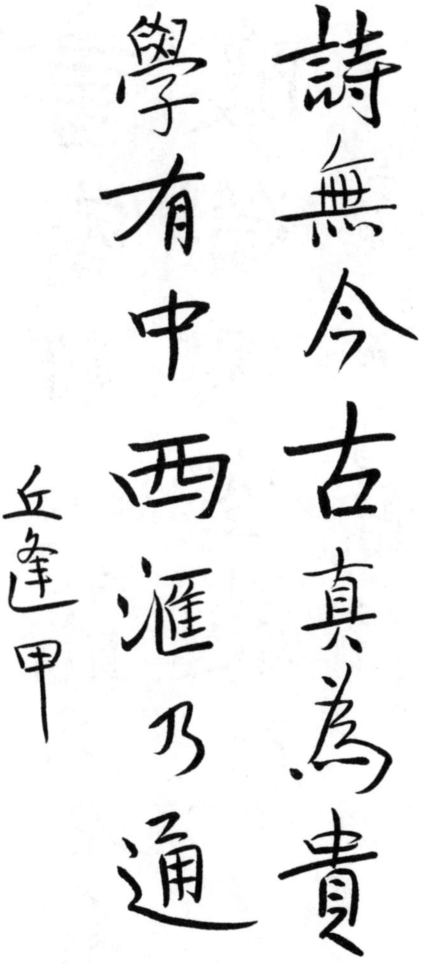

诗无今古真为贵
学有中西汇乃通
丘逢甲

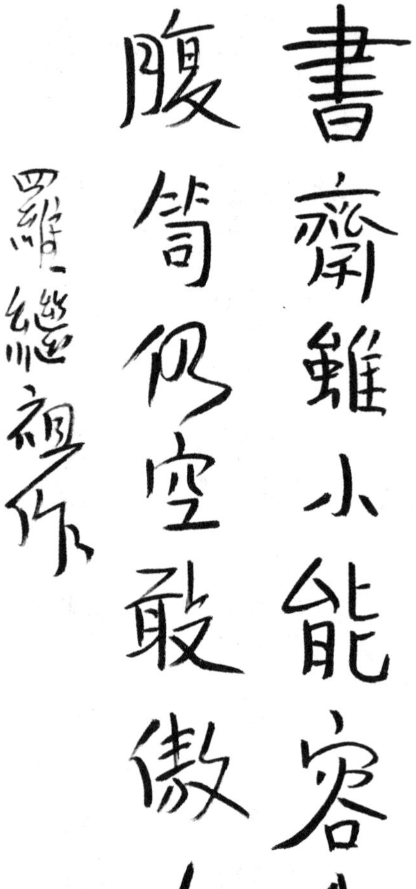

书斋虽小能容我
腹笥仍空敢傲人
罗继祖作（原诗为『腹笥仍廉敢傲人』。——编者注）

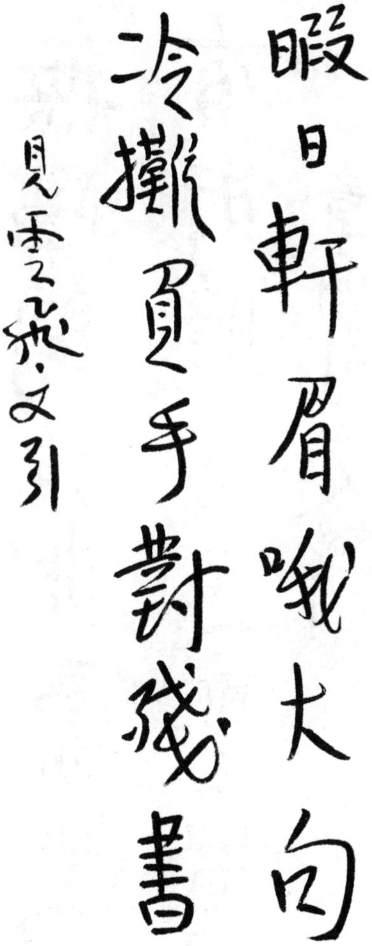

暇日轩眉哦大句
冷摊负手对残书
见云飞文引

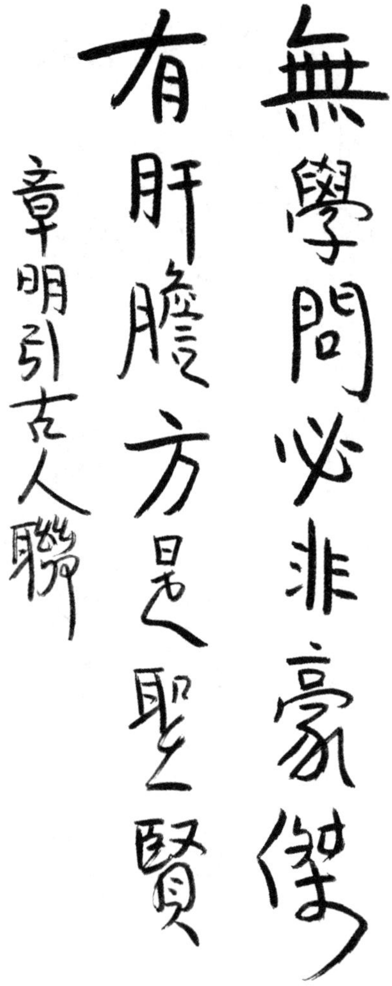

无学问必非豪杰
有肝胆方是圣贤
章明引古人联

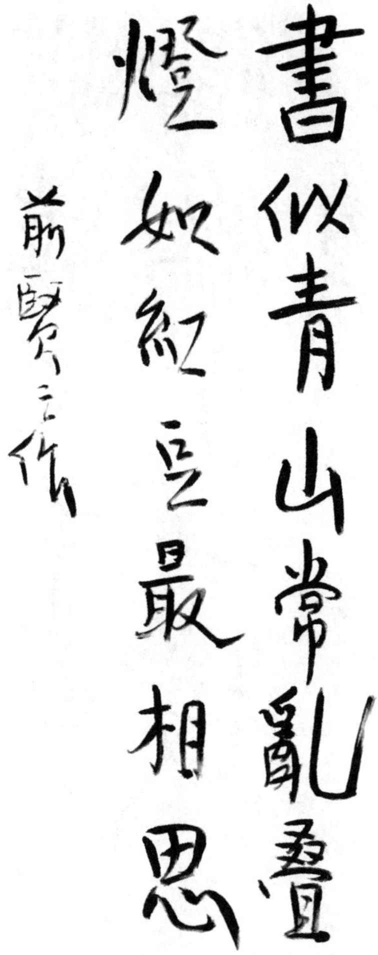

书似青山常乱叠
灯如红豆最相思
前贤之作

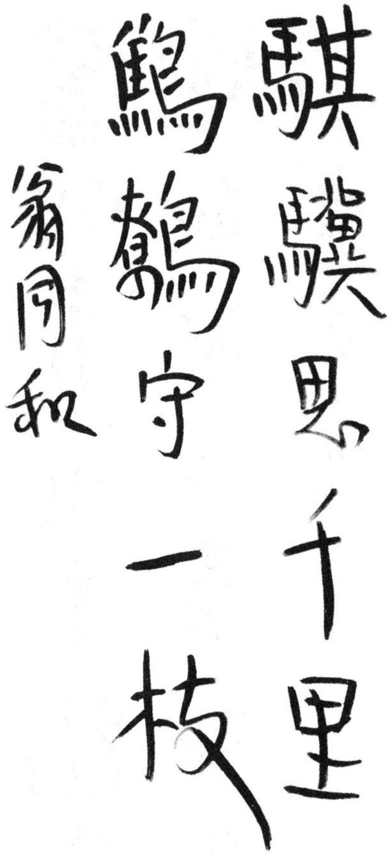

骐骥思千里
鹪鹩守一枝
翁同和（原诗为『鹪鹩老一枝』。——编者注）

酒酣欲比莊生蝶
飯飽甘為孺子牛
洪亮吉《北江詩話》一秀才

酒酣欲比庄生蝶
饭饱甘为孺子牛
洪亮吉《北江诗话》一秀才（原诗为『酒酣或化庄生蝶』。——编者注）

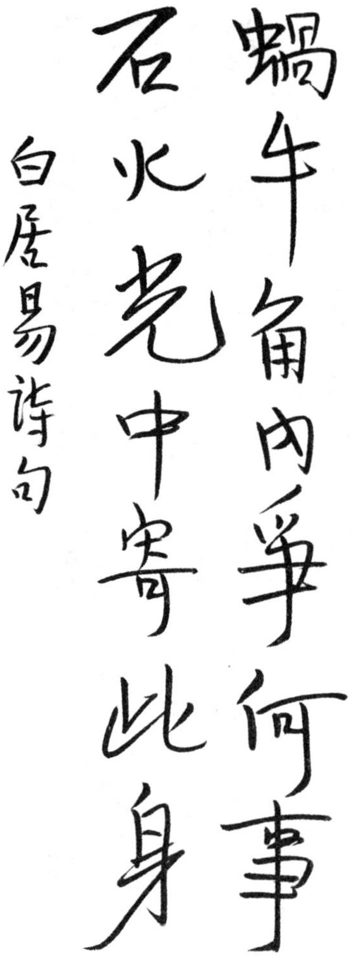

蜗牛角内争何事
石火光中寄此身
白居易诗句（原诗为『蜗牛角上争何事』。——编者注）

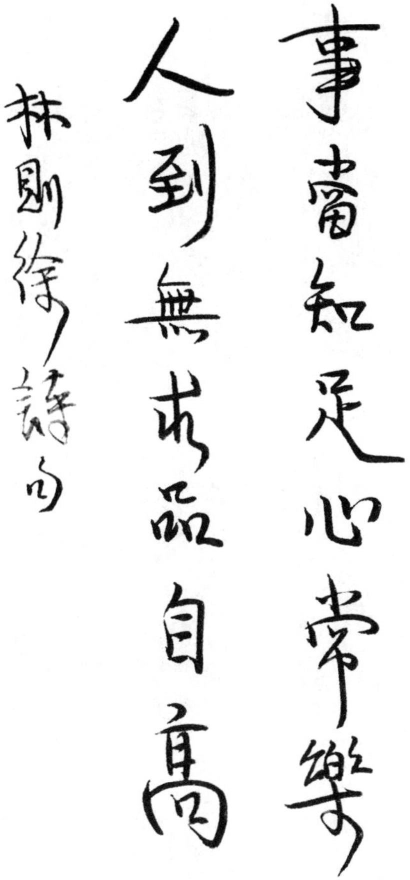

事当知足心常乐

人到无求品自高

林则徐诗句（原诗为『事能知足心常惬，人到无求品自高』，作者说法不一。——编者注）